漫游者

禹风 著

浙江文艺出版社
Zhejiang Literature & Art Publishing House

图书在版编目(CIP)数据

漫游者 / 禹风著 . —杭州：浙江文艺出版社，
2023.1

ISBN 978-7-5339-7004-8

Ⅰ.①漫… Ⅱ.①禹… Ⅲ.①中篇小说—小说
集—中国—当代 Ⅳ.①I247.5

中国版本图书馆CIP数据核字(2022)第202665号

责任编辑	张恩惠	装帧设计	@Mlimt_Design
责任校对	牟杨茜	数字编辑	姜梦冉 诸婧琦
责任印制	张丽敏		

漫游者

禹风 著

出版发行	浙江文艺出版社	
地　　址	杭州市体育场路347号	
邮　　编	310006	
电　　话	0571-85176953（总编办）	
	0571-85152727（市场部）	
制　　版	杭州天一图文制作有限公司	
印　　刷	浙江新华数码印务有限公司	
开　　本	787毫米×1092毫米　1/32	
字　　数	147千字	
印　　张	8.5	
插　　页	4	
版　　次	2023年1月第1版	
印　　次	2023年1月第1次印刷	
书　　号	ISBN 978-7-5339-7004-8	
定　　价	59.80元	

目录

漫游者

一

车厢微晃，地铁在城市肚腹里疾行。郑坦坐在长长的边椅上，手抓身侧双肩背包，腿上盖着毛巾毯，身边满是相貌迥异的地铁客。

好在其时并非早晚高峰，站着的旅人不多，沙丁鱼罐头似的那种拥挤还没开始。

膝上毛巾毯有点厚，郑坦想自己不该随意接受许小赐的馈赠，许小赐所有的馈赠都特别随意，随手拿起便塞过来，也不说什么，甚至郑坦不能确定这是不是许小赐自己的东西。许小赐总淡淡笑，她的笑完全未赋含义。

如果谁同郑坦这般成天坐不同的地铁线，就会觉得车厢干冷。空调打得太久太足，足以凋灭一朵二十四小时放车厢里的红玫瑰，也足以叫极少数过度利用地铁交通的"地铁虫"因车厢温控环境而生病。许小赐给的毛巾毯，轻覆大腿上，抵挡阴冷，的确帮到了郑坦。

现在他坐的是地铁一号线，从东往西行驶已好半天，扩音器报出一个站名，已到达城市偏僻角落。郑坦哆嗦一下，从半睡半醒中挣脱，伸手归拢自己的东西。他一伸手，心狂跳，眼前一黑，他没摸到自己那双肩包。

慌张持续两三秒而已，一场虚惊：背包在，只被谁轻微挪动了位置；现在它偎紧座椅靠背，脱离了郑坦触手可及的范围。郑坦十指抓牢双肩包，兀自心跳。他所有家当都在这背包里，假使包包被窃，他将连自己是谁都无从证明。

于是，紧要的背包被牢牢负至背上，毛巾毯叠整齐挟于腰间，郑坦缓步走出了地铁口。阳光当头倾泻，外头是个孤零零没人气的商厦。他认识这商厦。

郑坦对着商厦茶色玻璃墙照镜子，看见一个高瘦中年男，并非标准流浪汉，却已有几分流浪汉气质了。他摸摸自己长发，决定哪天找个发廊理成平头。

郑坦再后退几步，打量这毫无人气的商厦，是开业经营状态，周边几个出入口都敞开着，挂悬塑料门帘。商厦里头确也有人声动静，不过，看样子，商户们会羞于出示每天的流水。这正是个典型缺客流的商厦，当然，它是由房地产发展商规划建造的。

当年，碍于城市规划，要在一整片郊区荒地上凭空变出成群居民住宅，不但地铁线要拉过来，配套的商业设施也得跟上。至于建起了商厦有没有生意做，那完全不是房地产开发商考虑的因素。谁都明白，等房子全部脱手，脚长在开发商自己身上。

郑坦的长脸泛起一道快乐微笑，眼神闪烁几下，他忆起了那对开发商兄弟的模样！

他不但认识这兄弟俩，还曾同他俩相处愉快，帮过哥俩忙。想来若他当年有意从他们手里买套居住单元，兄弟俩一定会给漂漂亮亮优惠价的，只是当时他看不上这地段，他从小住市中心。

郑坦犹豫了一下，撩起一道塑料门帘，走进商厦，他记得对着入口就有一家小小服饰店。店还在，他走进去，对那托腮呆坐的老板娘笑了笑。

女人从白日梦里醒转，仿佛看见久久未遇的同类，露出得救笑容："先生要什么？"

郑坦指指架子上一堆各色帽子："我找一顶挡太阳的帽子。"

一顶深蓝色棒球帽改变了郑坦的外表，他从商厦出来，乱发不见了，帽子收拢了精气神，人沐阳光，毛巾毯搭肩上，像是个从什么球场上下来的闲人。

他绕过商厦往居住区走，这里行人稀少，路边全是移栽了十几年的樱树，树干斑驳闪光，斑痕像年轮又非年轮，于是时光都模糊了。

郑坦记得自己曾反复坐着专程接他的豪华凯迪拉克车从这种樱树下驶过，驶进谢老板兄弟俩那不同凡响的欧式售楼处，听见谢老板浑厚亲切的声音。兄弟俩总是当哥的张开双臂出来欢迎郑坦，当弟弟的腼腆拉开二楼办公室门，朝楼下客厅微笑。谢老板身材矮壮，留仁丹胡子，像旧时代里的日本人；而谢二老板身材高大，面如冠玉，寡言少语。

气温不高不低，阳光浓烈，正是秋日。郑坦想自己这时候来这地方，恐怕不仅是随性，也不只是出于怀旧，冥冥中是有含义的，只不晓得这含义究竟是什么。

这时候他抬头望见记忆中那栋售楼处房子，房子还是原来模样，通体白色，有希腊柯林斯门柱，端庄娴雅，大方祥和，多年后仍给人一种安宁的信心。

郑坦稳住步履，朝那既熟悉又陌生的房子走近，时间在记忆和现实间横亘，像闪光的大河。他不晓得楼房如今属于谁，里头还有没有留下自己见过的人。

这时他很自然地摸摸肩头挂下的毛巾毯，毯子柔和，散发一种好闻干净的气味。他想起了那个老太太，就是谢老板两兄弟的亲妈。老太太给他留下的印象突然出现，如隔空帮他理解时代的一串密码。

郑坦终于站在白楼前了。上一回站这里，是二十多年前。上一回站这里，他不是步行来的，是谢老板的司机开豪车接来的。

楼里有人，楼门口挂着牌子：栋樱置业集团物业。

很多黄蜻蜓在院里飞翔，它们飞累了就栖息在周边樱树枝丫上。郑坦下意识又对着楼房入口玻璃门照照，看见自己身影。间隔二十多年，同一人，投射在镜面里的躯体有微妙的区别，亦有微妙的相似。

此刻，他才忆起谢老板的日本妻子薰子。薰子当年为表明自己是日本女人，常穿和服出来会客。薰子曾以一种全然商业化的和善人格接待郑坦，以至回忆起她，郑坦除了被礼遇之感，没有任何其他感觉。薰子，谢老板的好帮手。

郑坦伸手摸到玻璃门洁净发亮的不锈钢把手，指尖一阵凉，他忽然就想起了谢老板得意扬扬重复告诉过他的故事：一个把本地动物园小老虎崽子偷运出关带进东京民宅的笑话。

谢老板一家当年还是能带着某种轻快感在这城里捞金的，那是已然流水般漫过去的一个短暂的历史时期。短暂时期里，这城市大部分人还凝神努力分辨时代变化，捉摸春风的新意，虽不甘，但依旧陷于懵懂。

如今，城里到处都是聪明人了，当年谢老板的那些套路和招数都很难再施展。郑坦感慨自己一路行来早早体验了生意人谢老板一家的套路并借此成长，他仍对这家人留下些温情脉脉的好印象。他不想贬低任何已发生的事情，归根结底，人生不过是场体验。

一位大眼睛女生从楼里走近门来，伸手帮郑坦拉开玻璃门："先生，你找谁?"

二

许小赐和郑坦此前彼此不认识，没任何关系。

郑坦偶尔来这学校讲课，许小赐也讲课，同时她还担任教务工作，包括负责照顾外聘老师。学校外聘教员没有固定程序，这些讲课的人时不时会突然出现在许小赐面前。

郑坦背着双肩包准时出现在讲课的教室，他一讲就是一整天，但中午不到学校食堂吃饭，他去附近餐厅或咖啡馆一个人孤单单吃，再踏着钟点回来讲下午的课。教师办公室有免费咖啡，郑坦一次也没去打过咖啡，他任命课代表时，交代说课代表有代老师打咖啡的小使命。

郑坦头一回看见找他找到教室里来的许小赐时情绪抗拒，他抗拒任何提醒他建立新"关系"的陌生人，他不愿无缘无故建立任何关系，他已奋力摆脱或粗暴地割断了很多旧关系。与富有进取精神的人不同，郑坦视社会关系为约束和负担。

许小赐笑容可掬地找到郑坦，想告诉他他有义务上交每一学期的教案概述，不过，她看见郑坦满脸不舒适，有轻微恶心状，心一软，便答应郑坦由她按规定格式代写教案概述，只要他先提供部分口述信息。

郑坦因此对许小赐心生好感，认她是个可以打交道的人。

这学校向毕业生提供本科学位，由英国资本和本城某国资财团共同出资，毕业生大多数将进入富有竞争力的中小型公司，换言之，这些孩子将来是靠自己本事吃饭的。当然，也就说明这学校务实，教给学生的只能是实用技能。

郑坦已把自己过去纷繁芜杂的关系树砍得只留数得清的枝干，他慨叹自己曾从事靠大量社会关系支撑的行业，最后不堪负累，黯然撤退。不过，当手机不再鸣唱，越来越沉静的日子也有份奇异重量。

郑坦顺自然的水道不抵抗地漂，顺从且温和地离了婚，又让自己的关系树失去小半个树冠，形为半棵树而存世。为此，他毕竟也挣扎过好一阵子，才忍痛得安稳。

"一个人在家没人说话是不好的。"舅舅打电话过来，"你还是到我主持的学校讲讲课吧，有门新课适合你：我们按英国人意思，准备增开'随想课'。"

这门新颖的随想课绝对有其使命。副校长舅舅合拢校长办公室的门对郑坦明言："你晓得的，现在年轻人实在不容易，学校需要一个你这样的明白人，帮这些小孩在进入职场之前想明白自己是谁。"

想明白自己是谁？郑坦自问是否已完成这一步。

答案倒是肯定的，他已想明白自己是谁了，也想明白自己是什么了，或者还想明白了自身为何出现于此时此地。

帮助一些二十岁不到的年轻人开始"想"，从他的角度，他觉得是有意义的。不过，郑坦问舅舅："真有必要让小孩们想这种问题吗？慢慢来不行吗？自自然然，或早或晚，人人都会想明白的。"

"不行，"舅舅严肃相告，"在我们的学校，学生们必须立刻想这问题，这是教育的一部分，他们将来或许因此能少吃点苦头。"

许小赐通过微信和郑坦保持沟通，她在代郑坦完成了教案概述后，又为郑坦协调了课时，让他最方便地安排讲课这件事。此外，许小赐还把课时费表格发给郑坦，留言如下："郑老师，感谢您牺牲自己的时间精力来帮助学校的年轻人，课时费只能算表表心意，完全不足以体现课程价值。若有任何需要帮忙的，无论大事小事，请不要犹豫，跟我讲，我会适时跟进。"

郑坦想，自己和一屋子又一屋子的学生随想些什么呢？

他们自己是谁，若他们不晓得，难道我晓得？郑坦不得不承认老舅和英国人合谋的这门新课有意思，教学相长，也许自己也将对自己有新发现。若对自己有新发现的话，是好事还是坏事？郑坦相信是好事：朝闻道，夕死可矣。

不过，巧妇难为无米之炊，路径还是要设置的：开天辟地第一课，郑坦为学生们打印了一个短故事：欧·亨利的小说《女巫的面包》。

"你们读完这小说，有何感想？"郑老师面无表情，坐讲台后，面向前方一排排学生发问。

教室里，女生大大多于男生，女生们就尖声回答：

"一段爱情被误读了。"

"她需要更大胆地表白。"

"女方的含蓄和腼腆制造了悲剧。"

……

郑坦掩面摇头，百感交集，他低头看着仿木纹台面，心里满是不屑。

忽然他竖起的耳朵听见一道温和的女声："老师，我和大家的感想不太一致，我觉得这个面包店的女人有点可怕。"

郑坦抬起头，看那发言中的女生，女生长相一般，眼神挺亮，侃侃而言："如果一个人以纯粹自我的臆测看待世界，甚至被臆测支配去行动，恐怕不但不能实现爱，还会给别人带来损害。"

"是啊，"郑坦刻薄地应和，"世界在她眼里，就只能是她理解的那个样子。"

他特意问了这女生姓名，她叫阎汶。

上午下课，郑坦背起双肩包，从三楼防火梯孤单单走下去，站在校园凌霄花下，点起一支烟，思考到底去哪家餐厅吃饭合适。好吃的那家没 Wi-Fi，有 Wi-Fi 的几家不迎合他的味蕾。世上没两全其美，世上永远需要降格凑合，理想主义者必须多备几份病历卡。

他扔开烟头，看见许小赐笑吟吟走来："郑老师，你看我多粗心，忘了给你办食堂的磁卡，来，今天我请你吃中饭，卡我下午替你办。"

"不了，我本没准备吃食堂，吃了食堂，我也还得出门找咖啡馆，不如直接出去。"郑坦实话实说，"要不，今天我请你吃午饭吧，你熟悉周围，带我找家好餐馆？"

　　许小赐愣了一愣，微笑说："那么，还是由我来请郑老师吧？"

　　郑坦觉得许小赐的语音透露出一个秘密：她并没想到会去餐馆，但她想继续表达她的好意。郑坦第一眼看见许小赐就认为她长得不好看，但她似乎是个良善人。

　　其实没走多远，就在大马路对面，许小赐带他去了一家小小的私家日式餐馆。刚到十一点半，日式餐馆可以进客人了，许小赐小心翼翼探脸进窄门，招呼老板娘，问是不是可以脱鞋进去。郑坦跟着她一起坐到长柜台的一角，心想："怎么不是老板娘招呼客人，反而是客人小心翼翼问是否可以进门。"

　　等套餐那工夫，许小赐和郑坦聊的是课程和学生。郑坦说："这些小孩中倒有心智成熟的。"他想着那个说《女巫的面包》女主人公可怕的女生，这女生似乎明白欧·亨利在说什么。

　　"让我猜猜，郑老师大概说的是阎汶？"许小赐侧脸微笑，"心智成熟的小孩并不多，所以我想该是阎汶。"

　　"是啊，你猜对了。"郑坦说，"我不是专业当教师的人，我从不能成功掩饰自己的失望，要是没阎汶，学生们第一堂课就会知道我这人不随和。"

　　许小赐点的秋刀鱼套餐来了，郑坦的和牛套餐紧跟着。郑坦怕许小赐抢着请客，随手就把现钞递给了老板娘。许小赐发出柔和的喉音，然后说："真是谢谢郑老师了。等下次，轮到我请。"

郑坦这才恍然大悟："听口音，许老师你是台湾人？"

<h2 style="text-align:center">三</h2>

郑坦不晓得说什么好，对着一双陌生大眼睛，他难找词汇。不过，他尽力了，他说："也许你会奇怪，我就想知道一下谢老板兄弟俩还在不在这里办公。"

他这样说的时候，觉得自己真是个怪物。连教科书上都说过人不能两次踏进同一条河流，他却来到记忆中白色的楼，寻找当年在这楼里演绎故事的人。

楼的躯壳矗在这里没动，甚至挂的门牌还是谢老板创建的集团，但谁又把浩浩荡荡流逝的许多年如此不当回事呢？谢老板这种人，怎会原地消磨？

"谢老板？兄弟俩？"拉门迎客的女生困惑地看着郑坦，"这里是栋樱置业集团的物业，我们没对外业务，先生，您是否弄错了地方？"

"哈，"郑坦往后退一步，"抱歉。难道你们集团总裁不姓谢吗？"

"这我不清楚,这楼属于栋樱集团,是它的物业,但楼里不全是栋樱集团的人,我们是租客。"女生越说越神清气爽,她笑了,"我解释清楚了吧?希望没耽误您。"

郑坦连连点头:"感谢,感谢,姑娘,有谁知道栋樱集团情况的,我问几句行不行?很多年前,我常常到这楼里来,跟谢老板兄弟俩谈事。我今天走过此地,想起他们了。"

女生再度流露出雾一般的困惑:"好的,先生,请进来稍等,我去请大楼的负责人。"

她走了,大堂只剩下郑坦一个人。郑坦环视四周,轻轻咒骂一句:"真过分!"

是的,确实过分的:大堂里所有陈设仿佛都视时光为无物,完全同郑坦的记忆相符。抬头那巨大的珠盘吊灯仍是薰子在东京订购,用集装箱运至浦东码头,然后码头用一辆临时找来的冷藏车运抵现场的。谢老板每次看见郑坦都调侃:"小兄弟,你的脸色还没我们的吊灯鲜亮,晚上干什么了呢?"

走廊尽头仍旧养着大缸大缸的散尾葵,难道二十多年不能换一种绿植?

大理石地面没明显磨损,依旧打理得透亮,像能在上头溜冰。郑坦耳边幻出谢老板带嗡嗡和声的浑厚嗓音:

"小郑兄，请慢慢走，我们公司有个规矩，谁在大理石地上滑脚，要请所有人喝咖啡的。"

时光是什么物质，它把小伙子变成了大叔，却不改动大堂的任何细节？这大堂都没见老，郑某人我怎么见老了呢？

"先生，您好。是您打听栋樱集团吗？"一位富态的中年妇女出现在大堂里，"您是哪里来的？"

郑坦点了点头，手下意识捋着肩头垂下的毛巾毯，忽然明白自己的打扮不伦不类。

"是这样，我曾是栋樱集团谢老板的朋友，很多年前他们公司总部就在这楼里。后来我出国，跟他们渐渐断了联系。今天忽然想起，过来看看。如果您知道怎么联络他们，能否告诉我电话号码什么的？"郑坦一口气说着，最后不自信了。

断掉这么长时间的关系，谁还去接起来？人间日新月异，处处物是人非，纵使浪漫，也不至于浪漫到这地步。

大概不可能从这位矜持的中年妇女嘴里得到什么有用讯息吧！

果然，中年妇女嘴角抿了一抿，表示她听见的不是什么值得欣赏的话语。不过，也有出乎郑坦意料的，她微笑一下："先生，我听懂了。如果您愿意进来喝杯咖啡，我现在有点时间，可以跟您稍微聊一聊。"

郑坦想这是最好的回答，他点点头，尽量得体地说："希望我没太过打扰。"

沿大堂尽头长廊往左边走，自然经过一小段水晶走廊。走廊两边的水晶无缝玻璃没被打碎过，依旧擦得明净。透过玻璃，两边棕榈花园的棕榈树比记忆中高大了，枝叶遮了蓝天，这是时间的证据。

郑坦尾随愿意接待他的中年妇女，只看得见她穿西式套装的背影，这是位渐渐接近衰老的女子，她身材瘦削，没有赘肉，裙子长及小腿肚，皮鞋干净却已不新了。

郑坦恍惚觉得自己跟随的仍是吴太。吴太就是谢老板兄弟俩的生母，她喜欢用娘家的姓标识自己。

当年吴太掌管集团财务，她对郑坦，不晓得为什么，始终很大方。

吴太总含笑看小伙子郑坦，笑容里有一种对他了然的高深，那时，吴太就是一番职业妇女打扮。不过，她的职业套装永远是天蓝色！

走过水晶走廊，印象中该是谢老板手下那群年轻干将的大办公室，那群女雇员郑坦还记得真切，都是些被训练得温文尔雅的本地人呐。她们有本地人的脑筋，却随着薰子彬彬有礼地轻言细语。这些都留给郑坦深刻的印象。尤其是有个永远微笑的张晓敏，她对郑坦特别亲切，好像认识他似的，会问他最近怎样。

不过，如今不再有什么办公桌了，这里布置成了咖啡厅。带领郑坦进来的中年妇女吩咐吧台要两杯卡布奇诺，她转身一笑："先生，请窗边坐吧。"

郑坦从肩上扯下自己的毛巾毯，折好，放到椅面上，准备坐在毯子上。他降下双肩包，放到椅面上。他随那女人面对面同时坐下。郑坦展现正式的微笑："谢谢接待我。我确实曾很多次来这楼，这咖啡厅从前是她们的大办公区。"

细打量，中年妇女有双类似于狐狸的眼睛，这使得她表情不那么淳朴，接待郑坦像有动机似的。她的笑带某种装饰性，并且不含温度："先生，也许您偶然路过，有些怀旧。我呢，倒愿意听听有关这栋楼从前的故事。我每天在这楼里上班，我愿意多了解关于它的讯息，我工作职责的一部分就是维护保养好这栋楼，这楼挺漂亮，不是吗？"

咖啡送来了，滚烫，郑坦尝了尝，不由得惊讶："这好像还是同从前一样的咖啡呀，栋樱集团从日本进咖啡豆子。"

该怎么同这好奇的陌生女人谈谢老板一家呢？郑坦提醒自己言谈要有所保留。

"那么，栋樱集团还在本市运作？我很久没看见有关栋樱的新闻了。"他试探。

"我姓苏。"女人没回答提问，"先生贵姓？"

通报了姓名，苏女士点头："郑先生，栋樱集团当然还在。不过，您不晓得谢老板已把公司总部搬回大阪去了吗？他加入了日本籍。中国的房地产项目都已完成了。"

哦，一个顺理成章的解释。

就像游泳池里有蓝色的水那样令人舒畅。时光有令人得安慰的旋律：谢老板随了薰子的国籍，收拾了这里的生意，投入了岛国人生。正因为此，此地再无栋樱集团风生水起的传闻。

"原来是这样。"郑坦觉得自己被嘴里的咖啡香粘住了唇舌，"就像乐章翻篇了。"

苏女士忽然调皮地笑起来，比她之前的模样添了生气："郑先生您很有意思，您就像一支插曲，带着陌生气息跑来，让我们在千篇一律的上班时间里改换情绪。您可以跟我说说这楼从前是怎样的吗？"

郑坦看见苏女士的新鲜笑容时倏然醒了，他坐在这栋神奇的白楼里，时光仿佛在他心里做了什么手脚，他感到亲切又温暖："当然，我可以聊聊从前。这咖啡就和从前一般滋味，请再给我来一杯吧！"

四

离婚时，郑坦夫妻俩手里有两套公寓，每人分得一套。但他很快就把自己那套公寓卖了，钱存进银行。

他成了这大城市里一个没有房产的中年男人。这动作，似乎表明他对婚姻失去了期待，准备独自终老了。

没了房子，有现实的问题：洒脱到底的郑先生到底要把自己和属于自己的财物存放在哪里？要晓得，这个城市雨水不少，日头也常毒辣，人总要有个容纳自己动物性及人性的巢穴。

他很绝，卖掉了公寓，却没卖掉当时开发商配套出售的小区储藏空间，也就是位于住宅区一隅的有专人管理的大型集中储藏室中的一间。他把自己的藏书和不想丢弃的个人物品都仔细打包放进个人名下的储藏室。他随身就一个双肩包，里头除了换洗衣服，便是他的各种身份证件和私人财务凭证。

他并不缺钱，他想过一种有漂萍感的新生活。

郑坦随身带着这城市的详细地图。他决定第一年里头，在城市的每个行政区轮流住十天半个月，就近体会一些他想探索的地点。譬如，他在自己的笔记本上写下了这些城市空间：外滩、城隍庙、南京西路、徐汇滨江、静安寺、徐家汇、七宝老镇、曹杨新村、陆家嘴，以及南翔古镇。他决定在网上挑选合适的宾馆或民宿，每次住十来天，利用地铁和步行两种方式移动，随身带一只轻巧的傻瓜相机，当然还有手机，行踪切入这城市的肌理。他觉得可以把自己看成那种BBC的城市探索记者，致力弄清自己寄居于地球哪个群落。

实际展开这种新生活之后，郑坦找到了一个很小众的网上平台，专向单身客兜售城市豪华宾馆的无窗单人房，价格很有吸引力，符合郑坦理想。郑坦只要一个栖身之地，但要洁净方便，适当提供些小享受，如通宵酒吧或桑拿中心。豪华宾馆特别好的是能随时有人同他聊聊天，让他像个正常人那样夜晚动动唇舌，把一天里的郁积吐掉。他通常只住十来天，走了就不会再来，他不担心言多有失，也不怕同人交浅言深。

相对而言，郑坦还是不怎么在乎住宿的，住宿不是他的痛点，如此安排已十分理想。他渴望的是睁开额头下的两只眼睛，看看自己生长其中沉浮其中并将老朽其中的大城市，他现在找到城市皮肤上很多点，可以像一头米象钻米堆，钻到深处看看。

为什么不尽力利用这难得的机会呢？过日子要过个明

白。没把日子过好的人，如他郑坦，更该追求一个明白！

在宾馆，他一吃完早饭就出门，前一晚反复琢磨，行程都做好了功课。去哪些地方，看什么东西，为想明白什么，他全有谱。

反正地铁线纵横密布，他要去的地点都在网格中，他时不时也回自己的储藏室，换几本书看，换衣服穿。至于洗衣服，他通常顺路到老父老母家，送上水果点心，就用父母家带烘干功能的洗衣机。所以，如此这般，郑坦还算是干净卫生的男人。这点绝非无关紧要。

在外滩那十来天，他找到的宾馆单间竟是半岛大酒店的，虽没窗户，但他除了睡觉，根本就不留在房里。他做的一件特别有意思的事是沿中山东一路走了三个来回，把那些一百多年的洋楼逐楼认清，知道它们现在是什么楼从前又是什么身份。这澄清了他几十年的含混模糊，仿佛历史印迹提高像素，他则提升了视力。并没什么感动，只像解开一道放在桌面很久的数学题。

搬到豫园城隍庙老巷子，酒店就在旅游风景区门口，喧闹和街市气难躲，无窗房反而给了他更多清静，有利于他的睡眠。

他连续十来天都在大壶春吃早点，并不是他对生煎馒头有瘾，只是想反复体味那种被陌生人侵扰的尘世感。他坐八仙桌一侧，会有人大剌剌走到他身边，看他碗里有什么，问他好不好吃；也有人蓦然伸手，拿他面前的醋瓶子，拿走就不还来；也有人拉队结伙走进大壶春，找不到足够座位，一起斜睨他这单身汉，各种表情或身体动作接连暗示他赶紧扒拉伙食，快快让位……大白天他是不进城隍庙景区流连的，游客太多，毫无诗意。他去周边街区漫步，什么地方保持着几十年老样子就往什么地方钻，呼吸朽木潮气，看无力迁移的人在生了根的老房里浮进浮出，他看出他们戴着无形的镣铐，他们和他们的空间、他们的时间都不再是朋友。

每每傍晚，他逛到九曲桥上，沿陡峭狭窄的老木梯攀登桥头茶馆二楼，随意落个座，等唱评弹的男女走场子。长衫旗袍，沉弦古嗓，瞬间咿呀，如直入往昔的鞭声……

南翔古镇没什么豪华宾馆，他找了家石板路边的民宿。这民宿一切都好，装潢设备全新，又洁净，却给他强烈的弃屋感。

郑坦住下的第一夜，推开好不容易拥有的窗户，看窗外就是汩汩窄河道，流水浑淘淘，自左往右流淌远去。

他抬头，对面是邻家老屋窗牖，屋里亮着淡灯，一个并不年轻的女人坐木凳子上，撩起了裤管，正踏木盆里烫脚。她木然地看郑坦，几乎要开口攀谈。郑坦用英文说句

"抱歉"，疾速把窗户关死，才明白住宾馆和民宿，没窗户倒是件好事。

他白天屡次进了古猗园，想起很久很久之前的青春，他和年轻女同学们曾反复来过这里。记忆里的花朵是桃花。

他的城市，一个街区接一个街区在他眼前凸显。他再次钻入了城市肌肤，呼吸那些熟悉或可想而知的体味，城市在他心里扭动着，屡次苏醒。

原以为他理解的那城已老熟萎落，才知灵魂尚动弹，只没从前嚣张，如寒天里的守宫，潜在鳞次栉比的房屋和建筑缝隙里。若用钉用刀扎下去，这老城的灵魂还是会痛的，甚至瞬间会疼到呼喊……他就闻到了那股鼻息，那股老象的沉默而固执的鼻息，他的心，进一步安定了不少。

最近，他刚入住徐家汇建国宾馆的无窗房，他拥有十来天时间探访周边街区，所以他钻进一号线车厢，便往栋樱的旧梦来……

五

许小赐走在教学楼走廊里，她从教室门上的小窗口朝里望，正看见郑坦嘴角带着讥诮跟学生们描绘什么。许小赐又看看教室里的男女学生，一个个笑嘻嘻。

许小赐走回教师办公室，在咖啡机上打了杯美式，她走到办公室外楼梯拐角平台上，往下看操场。这工夫操场上没什么人，只剩篮球架上的网绳在风里动。

她抬头看天上的云，没人能在这地方看见好看的云，这地方的云总显落魄，被高楼大厦亮晶晶的玻璃幕墙衬得毛头毛脑。许小赐轻轻叹气，校方已接到指令，这学期结束，从台湾聘来的老师们就要集体离职了。

许小赐想自己的生活从来漂泊不定，可是，也并没什么了不得，一份工而已，重新再思量个落脚的城市，重新找工作好了。

许小赐想郑坦也不耐烦捧铁饭碗，她和他一起用午餐几回，发觉与其说他喜欢逗趣不如说习惯于冷嘲，他在午饭桌上对她讲："猫分两种，家猫和野猫；人也分两种，有用的人和无用的人。"

她使劲想家猫和野猫有甚区别，郑坦像看出她的心思，敲着午饭桌："想天天吃饱喝足，家猫得接受几件事：去势手术，定期洗澡，无条件让人挵，使用猫砂，等等。自由就在窗外，野猫乡亲们随性爬树捉鸟，夜里拉足嗓子叫春，一概胡天野地……但野猫对人类而言是无用的，没人有责任供应它们吃喝，也没人真同情它们的风餐露宿，野猫的平均寿命是家猫的四分之一。"

"哦!"许小赐仿佛知道郑坦想说什么,不过,他最后并没说明白。

阁汶定期来教师办公室找许小赐,她是许小赐平面设计课的课代表。许老师办公桌上有本厚厚的设计图册,是英文的,大家都可以随意来翻阅,却只有阁汶真感兴趣。阁汶翻着图册,许小赐许她问任何问题,知无不言,不卖关子。若是许小赐反过来问班级情况,阁汶也是平常心,知无不言,并不怕人污她打小报告。

"郑老师的课怎样?"许小赐问阁汶。

"特别好。"阁汶点头,"郑老师完全讲真相。"

"譬如?"许小赐好奇,眼神亮晶晶地望向阁汶。阁汶不像她同年纪的女孩们,她早熟,简直可以到教师办公室来坐、来办公。

"譬如?譬如郑老师说我们的致命缺陷是'甜不起来'。许老师你的性格当中就留着甜蜜基因,我们为什么就没这基因了呢?如果我们不能对别人流露心里的甜蜜,这辈子是没幸福可言的。"阁汶说着,眼神忽有湿意。

许小赐觉得郑坦厉害,他的目光不肯在人表皮上流连,而是跟大黄蜂的刺一样刺进皮肤去。郑坦能看出我心里还留着甜蜜?

许小赐想来想去，猜这和邓丽君的歌声有关。郑坦说过，他喘不过气了就拿邓丽君的歌当救命药听。

郑坦午饭时曾对许小赐说："你们岛上的女生有点不一样！"

"那么好，既然大家都认真看了《天使爱美丽》这部法国片，谁来告诉我，这电影说的是啥？"郑坦咄咄逼人看讲台下，女生和男生们都被他命令合起笔记本电脑，有点不自然地集体看着他。

"老师，这部电影讲一个有自闭症的女生通过关心他人走出自己的孤独。"

"老师，电影讲的是父母和家庭对人的限定。"

"老师，我喜欢艾米丽作弄水果杂货铺老板，哈哈，女佐罗。"

……

郑坦拉拉头上棒球帽的帽舌头，他在教室里也戴着帽子，他抬头望教室天花板："你们这七嘴八舌，让我想起一个古老的成语。"

"老师，什么成语？"前排一女生兴致勃勃，接嘴问。

"瞎子摸象呗！"郑坦笑，"谁教你们的？说话一套一套，挺会总结别人嘛！"

"我告诉你们，我让你们看这片子，没别的想法，就是让你们见识见识巴黎。"郑坦伸手指天，"我在巴黎留学时连着看了七遍这片子，就为了听懂每一句。我觉得巴黎就在这电影里头，如果你喜欢这电影，将来就去巴黎找工作吧。"

"嗬，到巴黎找工作！老师你高抬我们了，我们去巴黎能干啥子？"四川来的女生大笑。

"啥都能干，别看低自己，再不济也能开个火锅店卖串串。"郑坦认真地看每个人，"好好体会体会这片子，《天使爱美丽》，你们看见巴黎了吗？"

阎汶举手："老师，我不知道自己有没有看见巴黎，巴黎应该不只是圣母院和埃菲尔铁塔吧。我发现整个电影里没一个角色不孤独，巴黎就是由一个个孤独的人组成的吗？"

郑坦在讲台上有点发呆，他说："请大家每人负责讲一个角色，就分析分析阎汶的观点。这一个个角色，他怎么孤独了？"

好好一部光怪陆离的电影，在这教室变成孤独症会诊的解剖对象。大多数学生还一愣一愣的，谁看电影会认出每个角色都孤独得要命？也就是这个阎汶，她和郑老师都有点怪。

"每个人物都孤独，这是一个现象。你们还注意到另一个现象没？我举个例子，电影里有位从没发表过作品的作家，把自己的作品献给许他赊账的咖啡馆老板娘的那家伙，他最后说了句什么？"

很多学生低下头，想去手机屏上前后翻那电影，但听一个东北口音的男生说："人生就是一次又一次的彩排，从来没正式演出的机会。"

郑坦道声好，问他："你怎么记住了这句话？"

"我？老师，你看看我们东北，这话，不就是在说东北嘛！"男生推推自己的黑眼镜框，"我一听那句，眼泪就掉下来！"

"那么，谁给归纳一下，从中看见什么现象？"郑坦脸上露出一丝兴趣。

没人回答，等半天，还是阎汶："电影里所有人都没做任何大事业，一份平平常常的职业，甚至失业，但都过得了日子，没人焦虑。老师，你在巴黎留学，巴黎真是这样子？"

郑坦点点头，又摇摇头："巴黎那么大，怎能一概而论？不过，这电影把巴黎拍活了，是2001年法国票房最高的影片。我看了七遍，每回影院都满座，巴黎人从头笑到底，超常人气。"

"哦。"教室里发一片叹声。

"顺着阎汶的观察,我想问最后一个问题。"郑坦看看自己能看清的那些脸,"你们离开家乡,来这陌生城市读这学院,你们心里想干大事业呢,还是只求一份平常职业?"

大家犹豫了一会儿,举手示意:三分之二来干大事业,三分之一只求平平常常。

"好,明白。这是问题前一半,后一半嘛,简单。请感觉孤独的同学举起手。"郑坦脸上涌一阵肃穆。

果不其然,法国人是人,中国人也是人,所有在场的男女学生全举起了手臂。

郑坦看明白之后,也缓缓举起手臂:"今天就上到这里,回家作业请写篇短文,题目是《怎样才能不再孤独》。"

六

苏女士看着郑坦喝一口新送来的咖啡,他像是啜吸光阴的汁液,眼色流动,已飞离了眼前。她感到一阵满足,故事就要开场。

"那时候,跟现在不是同样的空气。"他吐前言。

"假如苏小姐有兴趣,可以去市立图书馆查查当年的报刊，那时候蛮特别，市长开会的主题常是怎么样让外国人来。外国人带着钱来了，一批一批的，西洋马壮，东洋马小，西方人和日本人那时候来得都汹涌。"郑坦见苏女士笑，便知她爱听往事。

"不要叫我苏小姐了，听着怪怪的。我的名字是苏兰，你叫我苏兰最好，不然，叫我苏姐，也行。"苏女士放松身体，往后一靠，是听故事的心态。

"好，我从不叫人姐，苏兰，你肯定也对那些年记忆很深，明白我不是胡说。我当时大学毕业没多久，不喜欢坐办公室，南方有个杂志要在这城里留眼线，我就当了他们分社负责人。是个皮包分社，除杂志名管点用，其他靠混。只有我和一个秘书分享外滩一间看得见江面的写字楼办公室。秘书喜欢坐办公室消磨她的时光，我几乎从不去当面打扰她，我天天满城里打转。一批批外国人来了，外地人还没来，本城的人只晓得兑换券比人民币值钱，其他什么也不懂，瞪大眼睛看，像看西洋镜。"郑坦喝光第二杯咖啡，浑身暖热，觉得十分惬意，不因为别的，只为可以讲讲闷在肚子里的老事情。

"那么，谢老板兄弟俩当时算不算外商？"苏兰摸摸下巴，从西服胸襟上摘下一枚白色的碎钻孔雀。郑坦看清了这枚孔雀，并不值钱，但摘掉后，苏兰的套装就失去了格调。

"不急，我正要说到他俩，说到他家呢。"郑坦合上眼帘，咖啡在血管里涨潮，他依稀看见了谢老板似笑非笑的脸，那一簇墨黑的仁丹胡子。

"我们那时真是耳目一新啊。"他闭着眼睛笑了，手指伸下去，摸着屁股底下垫的毛巾毯，"日本人出现在合资企业里，他们是些害羞的人，需要中方人员陪同社交才显出自在。譬如三菱电梯，这合资公司的日本人就从不出面见媒体，都是中方人士在交际。可是，我们的朋友谢老板，身材矮矮方方，胡子是日本式的，身体是中国的，态度讲不清的，他从一群模糊的日本人影里浮出来，对我们说'嘿，多多关照'。"

"有意思。"苏兰微笑，"我眼里看见了谢老板那样子，不中不日。"

"没等我们看清晰，更妖异的事出现了。薰子穿着大花和服笑嘻嘻站到谢老板身边，说着滴溜溜的日语'请多多关照'。她身体一移一移，头频频低下，朝我们半鞠躬，我们傻了，不晓得该如何回礼，都大幅度点头。"

"嘻嘻。"苏兰笑出声，"那么，一对中日合资的夫妻来了？"

"一对中日合资的夫妻来了。我们那时候真少见多怪。"郑坦看着苏兰,"我们一个个开业宴会去多了,一本正经的图片资料拿多了,全世界都来这大城市合资,人家出钱,城里企业出地出房出人。可谢老板不一样,他和薰子是真合资,身体也合到一起,哈哈。"

苏兰矜持笑笑,没接口。郑坦叹口气,往柜台看。苏兰招手说:"给我俩上一壶锡兰红茶吧,说话需要润口。"

借喝红茶的工夫,苏兰问:"郑先生,那时候,你们看那薰子,是什么感觉?"

"薰子?"郑坦的眼珠不由自主转动,似乎想记起那日本女郎的模样,"薰子,我实在记不太清楚。我记得最清楚的是她那身和服,红底白樱花,妨碍她走路,但她很周到,很殷勤,很会社交,总之,她是谢老板的好帮手,一只,一只标致的东洋花瓶呗!"

苏兰若有所思一抿嘴,端起红茶喝。

"不过你想想,当年这种事城里可不多。吴太一个本城寡妇,和在日本立定了脚跟的两个儿子,风风火火在这里做大生意。大儿子还娶回东京富商的独生女。再怎么挑剔,薰子还是年轻靓丽,不输给任何本地姑娘。这家人够华丽了,把合资企业灰蒙蒙的冷金属染上了巧克力包装纸的金色。后来,我们恍然大悟,他们还不满足合资这框框,最后赶上了放行独资企业的首批名单。"郑坦显一点羞涩，"当然，这里头我也帮上了忙。"

回忆是一班走在失修铁轨上的慢火车，轧轧一阵子，往回开得并不远，冷不丁却歇了。郑坦感到涌浪般的诉说欲已得到满足，暂时有点累，思想短路。

如此这般郑重其事和一个陌生女人谈论一些故人，是为什么？有必要吗？这女人在谢家从前的办公楼里办公，仅这一层似是而非的关系，能谈论的就如此，不可再展开。

郑坦觉得自己该站起来告辞，这样最得体。叨扰了人家咖啡和茶，讲了些古旧，可以了，今天一天的谈话量够了。他摸摸毛巾毯，想开口。

"我们这里那时候是怎样的？"苏兰等半天，终于问出自己想问的。

"这里？"郑坦抬头四顾，寰宇和时间一刹那都摇晃不停，事物和人影交相融汇，他简直产生幻听。

"哦，到处都是电话铃声呐，讲电话的女人都讲本地话哟。语速比普通人快多了，就像一粒粒黄豆朝外蹦。她们可会黏客户了。这就是这咖啡厅从前的声音。至于楼上，楼上是谢家两兄弟的办公室，各自分开，关着门，里头很安静，也很宽敞，照明良好。对了，我记得窗外是高高的构树吧？很野味的叶子。"郑坦觉得有一支圆舞曲在缓缓展开，铺陈在不存在的波光里。

"是的，构树，亏得郑先生认得这树。我们一开始不晓得这树的名字，结的红果子像杨梅，又不能吃，掉下地来黏糊糊。"苏兰说两句就停，怕打断客人思路。

"对了，我想起谢老板和谢二老板的西服风格不同。谢老板人矮身板阔，西服是大戗驳领，就是美国电影里暴发户老板爱穿的，我觉得他穿了像个大木桶。二老板文雅，人高挑，穿欧式老派的西服，不过有点怪，他不爱打领带，白衬衣总是解开了上头两粒扣子。"郑坦眯起眼，使劲想了想，"对，老太太在这儿没固定办公室，她的办公室在徐家汇他们家开的大餐厅楼上。她到这儿来，就到处看看，吩咐几句，带着司机走人。"

"听说他们家那餐厅从前真是赚钱！"苏兰微笑。

"可不是！我不懂这行当，但我去过几回。吴太管得可好了，有西餐有自助餐也有本帮菜。还请了乌克兰模特队每晚到餐厅助兴。洋姐使劲在台上舞扫帚，下面食客们笑得打跌，把酱鸭吃鼻孔里。"郑坦终于站起来，"谢谢苏小姐接待我这个老朽，有机会再来拜访你，今天耽误你办公了。"

"哪有哪有，郑先生来得像阵好风，怎么讲，过去有首歌，'好像一只蝴蝶飞进我的窗口'，就这种愉快的感觉。谢谢，有空请一定再过来喝咖啡。"苏兰跟着站起，从手袋里掏出名片，递过来……

七

郑坦一路回味着自己同苏兰的谈话，下地铁时没太注意周围，等回过神，发现下班高峰时段的地铁车厢里跟午夜般空无乘客，包括他望得见的前后车厢，偌大空间只有他孤家一人。奇怪！

郑坦在车厢玻璃上寻找自己的影子，玻璃映出他的形象有些失真，年轻英俊，他待细看，忽听扩音器报站：下一站，东方商厦。

东方商厦自然在徐家汇，离他下榻的宾馆也只是步行距离。郑坦站到车厢门口，忽然很想赶回宾馆房间，来一场舒舒服服的热水淋浴，身上没尘埃，仿佛又沾满了尘埃。

空荡荡的地铁站里，同样没人影，也找不到自动扶梯。郑坦沿着铺瓷地砖的走道梯往上攀爬，一圈接一圈，有点叫人喘。等抬头看见夜空，竟然星光闪烁，天黑得深沉，马路上有行人，但还是比往常少了很多。

一下午的时间，难道发生了什么事件？不会吧。他看看东方商厦，霓虹灯都滴溜溜流动着闪烁。他瞪圆眼睛：七楼！

七楼早就是一家大型书店，是在谢老板兄弟俩的亲妈吴太收拾掉她多年经营的餐厅后隔几年才开张的。郑坦去那书店徜徉过，如果记忆可靠，他还在这家书店买过一本小说《巴黎飞鱼》。

可是，眼前霓虹闪烁，竟然仍是吴太餐厅的招牌"海上明月"。

郑坦一摸肩头，肩头的毛巾毯不知所终，可能遗落在地铁车厢里。他摁亮电梯按钮，闪身进电梯，往阿拉伯数字"7"上狠狠一点……

时空挪移，二十八九岁的郑坦笑吟吟走在海上明月餐厅红灯绿酒之间，他身边是永远西装革履端着架子的谢老板，两兄弟中那大哥。那一撮仁丹胡子，让谢老板自成一派。

"小郑，你留下吃晚饭吧，家母已安排好了。她是这里的主子，晚上她最忙，我陪你。"谢老板不由分说向男领班招手，换副腔调，"演出几点开始？把我们安排在楼上中间包厢。"

吴太穿着天蓝色旗袍现身远处甬道，她矜持地微笑，慢慢朝大儿子和郑坦走近，沿途三两次停下吩咐领班和工头，她脖颈里挂了一串大而圆润的海水珍珠："小郑，稀客呀。试试我的几个新菜，再帮我看看这班乌克兰小姑娘跳舞跳得好不好。"

她扭头向领班招手，等他趋步前来："今天东京空运来那条金枪鱼，问下厨师，做个刺身，让客人尝一下。"

吴太看看儿子，问了几句，拉开椅子侧身坐下，她瘦削的脸上氤氲笑意，笑意依旧淡漠而遥远："小郑，谢谢你介绍袁秘书，我去见过他了，他跟你一样，年轻有为。"

还没等郑坦客套，吴太又站了起来，轻叹："我是劳碌命，哪张凳子都坐不热。我去忙了，庭远，办公室里有东京才送来的红茶和饼干，我给小郑装了一箱，你交代司机放到车上。"

郑坦要推辞，吴太摆摆手，一脸疲倦："自己人，不客气，给你女朋友尝尝。下次带她来，我们要设日式下午茶了。"

吴太走远，遗下老板娘长袖善舞的气息，谢老板笑道："小郑，家母就是这样。她爱忙，就让她忙吧。现在我俩不拘泥，先吃点喝点，等会儿看看新来的乌克兰表演团。"他站起来，终于脱下阔气西服，放到包厢背部大沙发上，里面竟绷着小马甲，却不再脱。他松松领带结，叹气："跟着薰子父亲出入日本商界习惯了，只有上床才脱掉正装。"

郑坦下意识看看自己的打扮。外表上，他和谢老板的区别是蝉蛹与成蝉的区别，是蛞蝓和蜗牛的区别，并有蛾子与彩蝶的对比度。郑坦笑起来，把这想法缓缓跟谢老板说了，谢老板温雅浅笑："小郑，你说的是衣服。至于你我两个人嘛，论才气，正好该倒过来比方。"

郑坦虽年轻，感知力并不稚嫩。郑坦知道谢老板有求于自己，不过谢老板之所以可交，在于他同郑坦一般追求得体。这是无法言传或量化的人格度量衡，非常脆弱，一有差池就会溶化，以得体为标准交友是典型的一种探险。

直到那时，谢老板一家跟郑坦都暗暗维持着自己的舞步，得体地推演如戏人生。

吴太安排给郑坦尝的菜式个个洋溢匠心：金枪鱼刺身吃的是新鲜度（美国加拿大海域交界处钓起的金枪鱼当天空运东京，东京鱼商分解鱼体，即刻空运过来，以及日本空运来的山葵根）；宁波醉蟹和奉化芋艿是解乡愁的好东西，谢家源自宁波；荠菜豆腐羹是后厨老爷叔一板一眼复制其父20世纪30年代风靡上海滩的制汤老味道……这些吊胃口的前菜之后，吴太直截了当给两个年轻人上炭火现烤的安格斯T骨牛排，七分熟，一刀下去，露出粉色厚度，牛肉的波纹是斜的……

谢老板等郑坦放下刀叉，笑问："饱了？"

他扬手对领班交代："吃饱了，可以赏酒，把我留在你那儿的那瓶红酒拿来。"

大概本想交代这好酒来历的，乌克兰姑娘们打断了包厢里的饕餮，她们忽从暗处跳上刚刚打亮灯火的舞台，大声宣布演出开始。

肩上披着毛巾毯的郑坦走出白楼，往地铁站走回去时忽然想起了袁时杰。

猝不及防的痛楚掠过心头，少年人总有过几个铁哥们，等苍头白发时回想，伤心多过欢畅。

郑坦觉得世上没有后悔药，自己真不该把谢老板一家引见给袁时杰。当然，细究往昔，不能归咎于谢老板兄弟俩或他俩的母亲，谢家是生意场上的人物，也没包藏祸心。袁时杰哪怕不遇到谢家，也终究会遇到李家张家方家……一个人命运里藏着破洞，或早或迟，洞总要成为祸端，要么谁掉下洞去，要么洞口溅出噬人火苗……

是啊，这是命，是命而已。袁时杰四十五度滑跌的命运早就展开了，并非从他遇到谢家那时才开始。

因为想到时杰，郑坦不由得又伸手抚摸毛巾毯。这条毯子，除了在地铁车厢冰凉空调下给他温暖，也让他触及柔和之物，心绪得以安定。

时杰曾是一个多么完美的小子，想不到却是败絮其中的前定！

下班时分，地铁车厢挤满了人，种种奇怪的人体气味冲击郑坦的鼻腔。郑坦把双肩背包转到胸前抱着，防范一切扒手。他身前一个年轻女孩忽然站起来，对他指指空座。竟然有小女孩给他这位老爷叔让座了！他的白发和疲态在年轻人眼里显明了！

郑坦道谢坐下，毛巾毯盖在膝盖上，他感到泪水涌进眼眶，想起了自己中学时代遇见袁时杰的瞬间：时杰从领奖台上高高兴兴走下来，白衬衣黑长裤，额头闪着柔光，鼻梁高耸，肩膀宽大。

他俩高考前一起复习历史和地理。在某个小河道边上的青年公园里拿着教科书互相提问，挑战已高度绷紧的神经，将课本细节刻入记忆细胞。如果没这些逻辑鲜明的互相提问，很多细节是难以记住的。高考成绩放榜时，郑坦目瞪口呆，历史和地理卷竟然都得了满分！

袁时杰当然也高中了复旦，同郑坦成了校友。时杰的俏模样不会被复旦女生们忽视的，渐渐时杰就飘了。偶同郑坦叙旧，他总是买醉。

时杰大学未毕业就挥挥手去了德国，等郑坦再一次在本地看见他，他已经历了人生巅峰时刻，如一摊被电击过的肉团倒在他母亲面前，令她心如刀割。

一个女人生产出伟岸的男子，那男子却有容易被击伤的脚踵，他竟然不保护自己的弱点，任由世上妖男艳女触摸他，最后行尸走肉般地回到生养他的女人面前。

时杰母亲做了一桌子菜，招待前来看望老友的郑坦，只有一个拜托："郑坦，不要把时杰的倒霉告诉别人。给我们留点面子！"

时杰默默无语，在饭桌上只流露出虚弱的微笑。那些被强烈药水注射过的笑容令郑坦害怕。他不晓得发生在时杰身上的那些事，猜测是不得体的，他只有送老友深深的祝福。

祝福大概产生了效果，几年之后，郑坦给自己买了一瓶红酒，独自喝酒高兴：袁时杰很久没和老同学们联络，不过，他当上了外经贸委主任的秘书。他的德语和英语已臻一流，又有留学背景，大城市引进外资时需要他这种特殊人才。

虽失去了日常联系，但郑坦一直留意时杰。他默默为时杰喝下整整一瓶庆祝酒。

八

"你是谁?"

小老头老师郑坦戴着蓝帽子和一副墨镜坐在讲台上，语气干涩，对学生们抛出预谋已久的问句。

课堂一片死寂，学生面面相觑。

"不是我，是学校让问的，为的是将来你们这些嫡系毕业生可以少吃些苦头。"郑坦苦笑一下解释，"弄清楚自己是谁很重要。我们这一教室的人都在人世间，有谁明白自己是谁?"

鸦雀无声。

等待了一阵，有个怯生生的女声："老师，您明白自己是谁吗?"

郑坦也不去看谁在发问，他抬起头，透过墨镜看窗外蓝天，然后回看教室白色的天花板："我想我差不多明白了。我和诸位有所不同，我是一个漫游者。"

"所谓漫游者，"他干巴巴地解释，"就是我无法停留，没谁邀请我加入，我从一个个群体里穿行，也许有所感动，却没有留恋，也许曾经留恋，这留恋找不到回响。我从这里到那里，从黎明到夜晚，跟美梦不相逢。不过，我还能漫游，这是我残留的能力，我对远方依然存有猛烈的希望，希望明天不一样。"

出乎郑坦老师意料，教室里响起了轻轻的鼓掌声，渐渐掌声雄壮，大多数学生都喝彩。

"老师，你太孤独了，我感动得泪水要流下来了。"第一排的长发女生说。

郑坦点点头："谢谢你们的掌声。那么，就像我这样，大家都说说自己是谁吧。"

有个男生脱口而出："老师，我是个快乐的肉团。我吃，我喝，我倚在父母给我买的软榻上；我睡着，我醒来，我上完厕所就不知道要干什么，白天多么冗长，怎一个游戏能打发；我出，我入，我到街头去寻找我的机会，可是，你懂的，什么机会能留给我这样的无用废物呢？我就是一个快乐的肉团，我放弃了常人追求的那些，我，请给我多几根麦管吧，请把食物都打成最容易消化的酱汁，让我吮吸能量容易些。我累了，肉团是很容易累的。我要歇息，请尊重我作为活物的权利，不要打扰我，谢谢。"

郑坦忍不住笑，给了一个大拇指："厉害，真会表达！"

阎汶举举手，经过郑坦允许，她柔声说："我想我是自助餐会的尾客。"

　　"自助餐会接待所有人，一般人能早去就早去，同样付了钱，希望自己的选择多些，好菜好饭先到自己碗里。我能理解早去的人，但我不愿意早去。"阎汶说到这里，停下，看着郑老师。

　　"不错，有意思。"郑坦笑道，"能否详加解释？去晚了好菜都叫人家挑走了，剩下的是人家挑剩下的哟！"

　　女生们吃吃地笑，叹息："哦，阎汶哟，阎汶哟！"

　　阎汶沉静，又说："本来没寄希望什么好菜，去晚了，白饭还是管够，蔬菜水果还挺多的。被人抢光的那些，吃多了都是不利于健康的，如果有剩下，我吃一点就够了。至于大家付了一样多的钱，吃得不如人家，我当然希望我这样的能得点优惠，不过没优惠也无所谓，反正我每次都吃饱。有时候，厨师长还出来关心，特意给做点什么小锅菜，算给我补偿。"

　　"明白，说得挺好，我很愿意消化消化你的话。"郑坦笑，"厉害，也是个会想的。"

　　"老师，让我说说。"有个女生也雀跃了，"我是不愿意对自己心慈手软的女人！"

　　这孩子站了起来，身材高挑，郑坦看她仍陌生。女孩说："自助餐嘛，我设闹钟也要第一个去，我爱吃喝一切最金贵的东西，鱼子酱啦，鲍鱼啦，皇帝蟹啦，法国鹅肝酱啦，奶酪啦，路威酩轩香槟啦……这些去晚十分钟都会被一抢而空的。为什么我付了一样的钱要吃亏？我可不接受这种道理！另外，所谓对自己不心慈手软，就是还要正确看待自己的弱点，作为女孩，我还不够美，如果够美，很多好东西就会自动献上门，我决定要做一件对自己狠的事来弥补自己的不足：我要筹款去整容！"

她倏然坐下，消失在近视眼郑坦的视野里，仿佛回归了学生们的群落。没人说话，没人鼓掌，也没人接着要求发言，大家仿佛都吞了一口始料未及的烈酒，强自压抑嗓子眼的火烫。

郑坦等了几秒钟，平淡地说："很好，谢谢。每个人都谈谈'我是谁'，这对大家都好。没什么对错，只是做自我的观察和描述，不管是否定位准确，总之开始了自我定位的旅程。宇宙很大，我其实很小。如果觉得'我'很大以至看不见宇宙，就特别需要来回答'我是谁'。来吧，一个接着一个，这是自己给自己照相，也是自我医治，可能还是自我发现！"

中午，郑坦的计划是到东方商厦地下室的西式餐厅吃个披萨，那里有人弹唱吉他，可以听几首英文老歌。他走到操场上，看见许小赐笑容可掬地拿着个包装得漂漂亮亮的礼物，她的纱巾飘扬在初冬的风里。

"许老师，是要干吗？"郑坦笑道，"你好似一道风景哟！"

"是吗，郑老师，好看不好看？"许小赐文文雅雅，"正是在等你，要请你吃午饭。"

"为什么呀？难道有什么特别的好事？"郑坦搜索枯肠，感觉自己在学校自闭甚久，对周围茫无所知。

"你请我吃了第一顿饭，我想请你吃今天这一顿午饭，我们台湾来的老师下学期不再续约了，看来我们要离开了。"许小赐轻声说，不让声调里有情绪。

像是被厚厚棉布包裹好的榔头打了一下脑袋，郑坦一阵晕眩。

意料之外，情理之中。

郑坦点点头，也学许小赐不露声色："好呀，谢谢许老师邀请，我们这就走吧！"

在日式餐馆坐下，还是点了各自习惯的定食，郑坦叹口气："请不要太过伤感，历史这东西，唯一的节奏就是周而复始的变化。"

"不伤感。"许小赐露出淡定微笑，"可以进来，自自然然进来。不能进来，大大方方告别。顺服各种变化，过好自己的人生。"

"那么，接下来是何打算？留在台北休息一阵子？"郑坦接过柜台上送来的茶水，递到许小赐面前。

"不会啊，不会。台北我不准备多待，我可能会去布拉格，那边有朋友约了好久，可以盘桓一阵。如果留在台湾，我也不会待在台北，我家是从台南去到台北的，我应该会回台南去看看故旧老人。"许小赐点头，"虽然学校的聘约没了，但我们还是能回来这里当游客的。我答应了大二这届学生，回来参加他们的毕业礼。"

定食热腾腾地送来了，彼此无声地吃，郑坦吃得有点惆怅。

"说到学校的聘约，我觉得这几届学生很幸运，外语有英国人教，其他课程有全国各地来的老师齐心协力教，这学校讲授的都是实实在在的技能课，他们开了眼界学了本事，有福了。"郑坦继续说，试图加强他的论据，"大学生一届一届的，运气各不同，我那时在复旦运气也好，外语课来了美国外教，图书馆进了大批英文书，每周三、四、五晚上到处是社会名流的讲座，真是好年头。"

"郑老师，我从网上看到，据说你这代人是上下几百年最幸运的国人呐。四十年改革开放，你们都赶上啦！"许小赐笑了，"恭喜郑老师！"

"是呀，就是呀，太幸运了！"郑坦笑道，"我知足了。"

　　走出日式餐馆，走在种满花草的人行道上，郑坦眺望徐家汇的高楼大厦，立定脚跟对许小赐说："许老师，同你们共事很开心。也谢谢你一直照顾我们外聘教员。今天课上同学生们讨论'我是谁'，我想按照这套路说，我真是这个城市这些年拥抱世界的受惠者。点点滴滴在心头。你们从台湾来的老师们，也让这城市受益不浅呐！"

　　许小赐一脸灿烂："金风玉露一瞬间，百姓总是相欢。"

九

　　谢老板兄弟俩脾气不一样，谢二老板长相比大哥帅，性格却闷，总对自己不太有把握的样子。凡见客的场合，他似乎老躲着，让他妈和他兄弟站到摄像机前面。

　　郑坦同谢家来往的前半阶段，几乎没怎么注意这谢二老板。他看见郑坦，常常羞涩地招呼一声，露出笑脸，然后就躲自己办公室去了。

　　不过，后来郑坦发现谢二老板也能独当一面，他做的生意，场面不小志向也不小。那是他自己向郑坦展示的，他大概逐渐觉得信得过郑坦，对郑坦表露了他那渐渐成长起来的信心，并请郑坦帮他克服事业上某种瓶颈。

"小郑，我想了好久，想同你请教一件事。"当年，谢二老板突然在走廊里拦住郑坦，吞吞吐吐同他说了这么句话。

"客气了，哪里谈得上请教。"郑坦坦然回答。

如此，谢二老板把郑坦请进了他的办公室，他独自一人占据了很大一间房，房里靠他自己打理得干干净净、井然有序。

他的西服非常合身，是藏青色的，收腰收得合宜，使他显得更加修长。他修长的身体落在大班椅里，手指敲击电脑键盘，打印出一张 A4 纸大小的简要说明。

他递给郑坦这份说明，等郑坦静静看过，轻声发问："我能不能花很少的钱就让所有司机都知道这个优惠？"

郑坦接过说明那时就已恍然，不，其实在谢二老板走廊里拦住他时，郑坦已恍然了。问题不在于如何回答谢二老板的问题，在于谢二老板正以自己的实际行动摧毁他大哥谢老板用艺术家的技艺创建起来的双边关系。是的，某种程度上，谢二老板和谢老板确实是两回事。

郑坦想自己是比较主动的一方，不要失去这份主动。所以，他沉吟不语。

果然，谢二老板沉不住气，他拉开抽屉，掏出一张别人的名片，放在郑坦面前。这是某位副市长先生的工作名片，就是他在世界投资人大会之类场合散发的名片，中英文对照，名片上的办公地址翻译得像一串无法吞咽的水煮鹌鹑蛋。郑坦见过这位副市长几次，他主管房地产及住宅建设业，兼管城市公共服务业。

谢二老板等了一会儿，汗珠从他前额上沁出："小郑，我经营的这事，他会全力支持。"

"何以见得？这些人场面上的客气话哪能当真？"郑坦装出心无城府，咧嘴一笑。

"对于我们，他不会。"谢二老板绽放一个天真，有点愚昧，甚至孤注一掷的笑，"他是我们家亲戚。"

郑坦抬头看着谢二老板，看见满脸的诚实。不可能在他哥脸上看见这种表情，想也不用想。

郑坦长长呼出一口气，不长在竹林里的笋才是可疑的。这下，谢家在他心里有了一定的真实逻辑。

谢二老板从抽屉里摸出一张金色卡片，上面印着三个字：加油卡。

他已获准向任何使用汽油的地面交通工具的司机出售这种预付型的折扣卡。也就是说，他要在所有加油站和所有司机中间站立，做加油服务的半金融中介，在收付款之间设一道卡。虽然美其名曰"优惠卡"，但只要是成年人，都能嗅出权力那种悍然的体味……

没有对比就没有伤害，谢老板从不像他弟弟这般纯朴。

低头看那张金卡时，郑坦其实在感叹谢老板。

谢老板从不散发腥气。他是那个喜欢绘声绘色说小老虎故事的人，一说起小老虎故事，他仿佛就从自己的大戗驳领西服套装里逃逸出来，就像是个开小酒铺子的矮胖子：

　　话说我们本地人并没有什么钱，要去日本了，身上没铜钿，心里不踏实。

　　这哥们没什么资源，他阿爸就是西郊公园里一个饲养员。不过，每个阿爸都想在儿子面前装点样子，好让自己像阿爸。

　　于是，饲养员动起了自己喂养的华南虎的脑筋。

　　这饲养员下定决心，做好去坐牢的准备，半夜里把华南虎才下的四只小崽子里最顽皮的那只偷了出来。他回家对儿子讲："小赤佬，阿爸呒没本事，钞票没有，只好送侬一只特别的猫咪。"

　　大家都晓得，刚刚开通直飞东京航线，机场和飞机上的人也搞不太清楚东南西北。这哥们没想到这么顺利，他爹爹偷来的华南虎小崽子就当作一只大猫被他随身带上了飞机。到东京出关，日本人也想不到这只猫咪有啥不一样，一路放行。小老虎随他到了旅馆，而后他自己租起房子，把老虎养在榻榻米上。

什么都可以睁一只眼闭一只眼，只一回事没办法：这只猫的食量，它绝对不碰猫粮。要么惨叫着饿死，要么你每天买肉回来喂它。这哥们没几天就在日本开骂他老爸，本来没钱，现在还要天天伺候一只"肉师傅"。

比他早到日本的中国朋友们都知道了猫的真相，都滚倒在榻榻米上笑疼了肚子，但问题要帮他解决的，小老虎日长夜大，已经学会暗暗打量人了。再这么下去，迟早出事。

无非要解决老虎的出路和老虎主人的生活费，这个还不难。几天之后，东京最著名的中华料理店门口添了一只大铁笼，铁笼里立落一只活生生的华南虎！把老虎带到东京的这哥们，拿到一笔卖老虎的钱，足够他混上一年的日子。

……

"后来呢？"大家听得出不来，都问谢老板。

"后来？"谢老板耸耸肩，"后来我就不晓得了。"他每到这时就笑，笑容里满是苦涩。

郑坦听故事之后和大家反应不同。他当杂志记者采访过三教九流不少人，读人家表情读惯了，他笑问谢老板："带老虎到东京的那人怕是谢老板你吧？我觉得就是。"

谢老板瞪着郑坦看，他的仁丹胡子生气地颤动着，他笑了："希望他们不会把这小老虎泡进虎骨酒的大缸。"

这就是谢老板，做人讲话有分寸，留滋味，够人家慢慢品。

郑坦也有自己一套游戏规则的，谢老板最大的风险就是给郑坦塞钱，这种大众套路如果用到郑坦身上，游戏就结束了！还好，谢老板从没试图简化他的工作。

郑坦觉得谢老板可以来往，谢老板不给人压力，该有礼貌的所有细节上他都尽到了礼节。吴太也是，吴太比她大儿子更多一点蜻蜓点水般的体贴。

可是，你看，这谢二老板就不是同样风度了，他从前是干什么的呢？郑坦强烈怀疑谢二老板没什么学历，大概从前是个老实巴交的工人或职员，他身上没任何经理人的气息，他的腼腆看来也不是个性中天生的，像是被边缘化之后的创伤性反应……当然，郑坦并不想追究谢二老板的真实履历，他只是……只是有点看不起谢二老板。

"小郑，你帮我筹划一下，你是记者。"谢二老板轻声说，"也许，请你的同行们，包括电视台的，一起到某个加油站，我在那里亮出我们的加油卡？"

他拉开抽屉，取出一只厚厚的信封，脸上流露浓重的腼腆，把信封放在郑坦面前。

郑坦笑了："我是你家朋友，不需要你公关。道理上，我拿人家几百几千的，也富不起来。我历来不收钱的，你不晓得？问你哥就行了。"

他笑着走向门口，拉开门，回头对谢二老板说："事情我会帮你想办法的，放心！"

十

大户人家有大户人家的气派。郑坦并不晓得吴太的家世，也没想去打听。但他认定吴太身上有本城大户人家印记。她经营的餐厅，五光十色不缺，凡事得体，分寸把握得蛮好。

每晚乌克兰姑娘们都到餐厅奉上一台喧闹搞笑的舞蹈，食客们看了兴高采烈，但舞女和客人保持大家看得见的距离。女人们跳完集体舞，裸露着白色长腿，总是齐刷刷退入后台，换好衣服，列队经过餐厅下楼，由大巴送她们回住宿地。

谢老板通常是带着客人在他姆妈的餐厅里用晚餐的，不过，乌克兰舞女从没来过他的桌旁，跟他和他的客人都保持了某种形式的绝缘。

当年郑坦是个还没结婚的年轻男人，他如何看乌克兰舞女？他远眺了她们，她们陌生而神秘，她们皮肤如凝脂，身材如螳螂，她们的风骚带着异国情调。除此之外，他不敢放飞想象。

放飞想象是后来的事情，完全出乎意料，他不是主动的。

和袁时杰重逢既是偶然，也是必然。某新闻发布会上，记者堆里的郑坦慵懒地打着哈欠，疲惫的眼泪溢出眼眶，他掏出面巾纸吸泪。肩上忽有食指敲击，陌生而熟悉的节奏。

他回过头，立刻认出了有些早衰的时杰。时杰微笑着，笑容里尽是沧桑："你怎么在这里？我老远就看见了。"

郑坦跳起来，拉着时杰的手臂往会场外跑。到了门外，他上上下下打量时杰，笑了："主任秘书先生？你混得挺好！"

时杰那种曾经绝望的眼神并没蒸发干净，若是知道他古旧的人，从这角度去看，还可以看见污渍的，那种污渍洗不干净，沾在瞳仁上，如一层烟翳。

他们走了几步，推开了附近咖啡馆的玻璃门。

少年时代的友谊不是说回来就能回来，这像信鸽迷了路回不了家，多年后，它却站在你家门口树枝上。你抬头，吹往昔的口哨，信鸽腾空旋绕，差点落到你肩头，情状叫人垂泪，结果它还是渐飞渐远。

信鸽为什么回到你门前？这是一个谜，未必是回来看你。

时杰显出一种凝滞的温厚，他坚持用自己的公务卡买了咖啡，落座在窗边，却一时无语。

"你爸妈可好？"郑坦问。

"好的，谢谢。"时杰点头。

"结婚了？"郑坦问。

"是的，一个中学女教师。"时杰点头。

"祝贺你，兄弟。"郑坦说。

让郑坦随本地代表团赴京参加国际能源展是时杰的主意。时杰说："我让你有机会认识一下我老板。成天聚集那么多记者，你让市外经贸委主任认识一下，有好处。"

北京，郑坦也常来常往，但跟着市外经贸团赴京还是头一回。一周应酬下来，他疲劳而无趣，看来这并不是他这种人向往的圈子。

郑坦觉得自己归根结底是个懒汉，喜欢静止多过活动，喜欢喝茶多过祝酒。他来，是随时杰的心意，是对少年友谊的缅怀，而时杰如今已是个陌生人，和郑坦记忆中的判若两人。

最后一个逗留京城的白天大家用以休整，时杰的主任老板已提前飞回去，时杰和郑坦选择一起去看北大校园，时杰高中时代暗恋的她曾在北大度过长长的没有时杰的四年。

出了北大，郑坦则带时杰去北师大旁边的极限俱乐部，那里有一个六米深的玻璃水池子，常有人在这玻璃房里学习潜水技巧。

两人正观赏一个女孩子跟着教练在六米深的水底摘下呼吸器，郑坦的手机响了，是谢老板。

"这么巧？我也在北京呢！我和薰子在这儿买东西，晚上一起吃饭吧。你和朋友在聊天？那么带他一起来！"

奥尔嘉身高一米七五，深棕色头发，有高挺的额头和牛奶般洁白的肤色，身材自不必说，她是乌克兰舞蹈队的队长，经纪人维克多是她弟弟。奥尔嘉会说简单的普通话，从前在广州演出的三年里跟当地朋友学的。

郑坦和袁时杰一起走进便宜坊包间时，奥尔嘉盯着看的不是袁时杰，是郑坦。奥尔嘉有双犀利的眼睛，她总看得见通往开阔处的道路。

谢老板跟着他殷勤多礼的日本妻子薰子站起来迎客，奥尔嘉也推开椅子，加入欢迎者的行列。这是一个"高尚"的聚会，一对企业家夫妻带着他们的合作伙伴奥尔嘉，同生意之外的朋友郑坦和郑坦的发小朋友一起吃一顿没目的的轻松饭，在京城而不是在他们工作居住的东部大城。

如今已越过天命之年的郑坦有些不敢回顾遥远时空里京城的这一顿饭。若没有这顿饭，至少有两个人的命运就不会急转直下。

不过，无论如何推敲琢磨，没人曾包藏祸心，那是一顿没预谋的完全出于友谊的碰巧发生的聚餐，因为大家同时在北京，所以就一起吃饭而已。奥尔嘉随着薰子来的，谈的都是些正经业务，没理由看见舞女就觉得她们一定是祸水。

随着一年年不由自主的回顾和条件反射的躲闪，有些场景在郑坦眼前越来越鲜明并固定，他首先记得自己对薰子的好奇，记得薰子那些值得他留意的表情和措辞。他对薰子留神观察时，谢老板很放松，似乎对他不设防。谢老板还和薰子一起互相呼应，回答郑坦带调侃的好奇。

他俩告诉他，他俩就是自由恋爱自己对上眼的。难道谢老板不够英俊，不足以让日本姑娘们关注？

对呀，薰子的家庭是思想开放的，薰子可以嫁日本人，也可以嫁美国人或者中国人，这不会在家庭里被看成一个隐患。薰子应该嫁给一个优秀的男人，一个她自己喜爱的人。

薰子那晚没穿和服，她穿着西式洋装，戴一顶有饰带的宽边帽子。当年在京城，这打扮可以吸引众多目光。

不过，郑坦终究觉得整个房间里的重心不是薰子不是谢老板也不是时杰，他努力命令自己想想女友，不要被奥尔嘉立马拖下水去。他感到奥尔嘉在暗暗关注自己，他并不相信自己能吸引乌克兰女人，但他感到晕眩，没有喝酒就有醉意。

谢老板明显很奉承时杰，他一见到时杰就认出他是某位主任的秘书，他惊诧时杰会是郑坦的发小。时杰当秘书已吃圆了地球，他明白谢老板在大城里忙乎些什么，他指出一些具体的政策和这些政策演化的方向，谢老板立刻领悟拥有他这么一位朋友会是多么必要。

郑坦记得晚餐的高潮是自己跑出房间，站在走道里接女友从东边大城打来的电话。他站在走道宽阔的落地窗前，望着窗外小桥流水的庭园和枝条乌黑的深秋的枣树，喜鹊在夜幕里抖动白色翅膀。他的女友问他为什么紧张，他否认并且笑说："我哪里紧张，大概是北京气温低，我冷得发抖。"

挂了电话，他把手机塞回口袋，回过头来，明白自己并不是冷得发抖，而是烫得发抖。奥尔嘉的魔鬼身材移动过来，她的眼睛狐媚得如夜湖之月。奥尔嘉问："可不可以给我你的手机号码？"

那个晚上，他确信奥尔嘉在三个男人中只注目他。这并非完全是错觉。

完美的夜宴，如果桌上每个人都觉得暗自有收获，郑坦如今只不晓得薰子高兴的是什么。薰子明显特别高兴，她在晚餐结束时捂着心口说："我特别高兴，谢谢你们赏光。"

这夜晚唯一令郑坦感到反感的瞬间是他和时杰回到北京饭店，时杰在步入宾馆大门前意犹未尽："那个乌克兰妞太火爆了，郑坦，忘了要电话号码，应该把她带到酒吧街去好好再喝一场！"

郑坦明白奥尔嘉是个舞女，一个凭姿色在中国人的城里捞金的斯拉夫女人，然而，他有一种热烈的执拗，他愿意相信奥尔嘉是个正派女子。

十一

"好了，大家都看完《了不起的盖茨比》了吧，谁先说说这是个什么故事？"郑坦老师走进教室，站在讲台后发问，一边用白纸扇风，他走得额头冒汗。

如今的随想课已进入师生彼此默契的快车道，有时候问答过程跟方程式赛车似的，不但快，且你追我赶。大家都期待投入这场一周一回的眼界游戏。

"老师，这无非是一个花花公子的故事。"一女生宣称。

"是吗？你眼睛里只有派对吧？"郑坦嘲弄，显得不太礼貌。

"老师，一个情感故事，爱情、偷情、背叛，以及逃逸。"

"老师，与其说这是情感故事，不如说是金钱和欲望的故事。"

"老师，爱情就像油菜花。没人对花感兴趣，人感兴趣的是菜籽油。"

"嗬嗬，有点意思。"郑坦老师咧嘴笑了，"请问诸位，盖茨比了不起在哪里？"

"盖茨比了不起在哪里？这问题好大！"宣称"花花公子的故事"的女生忍不住抱怨。

　　奥尔嘉在夜的凉风里站在北京城的国槐树下，她打了郑坦的手机，告诉他她在宾馆门外。

郑坦的心狂跳，他迅速冲进盥洗室洗了脸，把钱包塞进牛仔裤口袋，坐电梯下楼，推开宾馆旋转门。魔鬼身材的年轻女人对着他微笑："在北京，我们只有今晚。"

"要不要……要不要我叫上袁时杰一起？"郑坦脱口而出，可奥尔嘉嘲弄的目光看得他脸红了。

他四处张望，以为会看见谢老板的影子，可是，谢老板当然同这事无关。明摆着了，一个年轻风骚的女郎找上你了，你怎样？

"我们去酒吧？"镇定下来的郑坦对奥尔嘉微微一笑，他瞳仁中映出奥尔嘉之波。

"喂，不要浪费时间。"穿着皮裤子脚蹬高跟鞋的女郎笑着睥睨郑坦。

郑坦像败下阵来的斗鸡，稀里糊涂跟奥尔嘉并肩走进了宾馆大堂。要不要在大堂酒吧坐下喝一杯呢？他刚动这脑筋，奥尔嘉已经站到电梯前，对着打开的电梯门问他："几楼？"

打开房门，走进房间，郑坦感到不真实的漂浮，奥尔嘉用高跟鞋的后跟轻轻把门踢上，手里手袋飞出去，落进沙发。她的长发散发香波，她的温暖气息围绕住郑坦。

"为什么？"郑坦绝望地问。

奥尔嘉似乎没听见他的发问，她靠近来，同郑坦差不多一样身高，谁吻谁都不用低头抬头……她先倒向他，他被动地搂住了曼妙的细腰……

"那么，换一种问法：盖茨比爱谁？"郑坦对着一群女生和几个男生发问。他感到嘴里苦涩。

"盖茨比自然爱的是黛西嘛！"

"是吗？也许在他还是个年轻军人时，他爱黛西；后来，在他的豪华府邸里，在金色派对的香槟酒汁里，他爱的还是原来那个黛西？"郑坦不晓得自己讲不讲得清某种微妙的区别。

不过还是有人听懂了，有个常常保持沉默的女生说："老师，黛西已经不是原来的黛西了呀，如果我是盖茨比，我看得清的。我如果爱她，只不过是惯性。"

"但是，盖茨比不能不爱下去！"一个酷酷的声音飞起，是阎汶抛出这么一句。

每个人都是从张三认识李四，从李四再认识王五。和王五投契，会不会感谢张三？要是吃了王五的亏，会不会连张三都怨恨？

黑夜的尾巴是早晨，早晨，奥尔嘉还在眼前，她快快活活把自己打扮成黄鹂鸟，给郑坦一个拥抱，打开门，走向未来。她的未来并不光明，但这不光明却和郑坦丝毫不相关了。郑坦从此再没见过她。

郑坦得知袁时杰因为泄露商业机密给奥尔嘉被开除公职，已是两三年后。奥尔嘉被没收非法获利驱逐出境同此相比是件小事，她本不属于这里，可怕的是时杰再次也是永久性地崩溃了。他父母终于下决心送他进了治疗他那种心理疾病的地方。郑坦不敢去探望他，唯一的自我安慰是他丝毫不曾晓得奥尔嘉同时杰的来往，仅此一点，他才免除良心的责备。

谢老板几次三番慨叹袁时杰的命运，他坦言时杰给过他蛮大的帮忙，他甚至向时杰如今居住的机构捐了一小笔钱，拜托他们看顾时杰。谢老板也慨叹奥尔嘉，他说："这姑娘人不错的，薰子教了她很多，当她是闺蜜，可惜她运气一直好不起来。"

　　郑坦如果能像谢老板一样感叹得出来就好了，心里烫烫的一些黏稠需要呕净，但时杰和奥尔嘉都曾同自己亲近，他无法一吐而尽，只好"既来之则安之"地让未收口的伤痕留在原来的地方，覆之于岁月的尘屑。

　　在年少高考时，郑坦没看出挺拔神俊的袁时杰是这种破败的命运。时杰的任何感情或欲望都接连不断地摧毁自己，他就像是一个堆起来的雪人，无论怎样都要融化。

　　在亲近奥尔嘉的短暂时刻，郑坦也想不到美貌只会带给她挫败和嘲讽。她在中国人的城池里混迹很久，折损了宝贵的青春，却落得空无一物被赶回家乡。

　　郑坦所见人群中，谢老板一家是个特例，仿佛受神灵护佑，一路进取一路凯歌。一道道商界幽门为他家打开，新的机会总是眷顾他们。谢家开始大规模投入住宅区规划和建造，那可不是一般人能做的买卖。

　　谢老板一家，一句话，大起来了，就像吹气泡，速度很快。

　　"阎汶，你解释一下，为什么盖茨比不能不继续爱下去？"

　　教室安静下来，男女学生都好奇地望着阎汶。

"盖茨比爱黛西吗？作为年轻军官和一位年少闺秀，当年其实就不般配，盖茨比除了一身军服，就是个穷小子。他爱的是他的美国梦吧，从海上弄来不义之财，改头换面，自成豪门，然后把黛西作为象征物夺回来。这种建功立业的人心，到处都一样。"阎汶不屑一顾。

郑坦觉得不忍心，于是说："不过，盖茨比毕竟与众不同，要不菲茨杰拉德为啥要说他'了不起'？"

"是'了不起'，他爱自己比较深，肯为自己吃苦头，不吝啬金钱。聪明人是不会被钱困住的，他们能利用好金钱为自己铺路。不过，盖茨比爱的肯定不会是这么个自私懦弱的黛西，他爱自己，他太爱自己，以至于不肯修改他为自己定下的人生脚本。他一定要按自己的脚本塑造好自己。"阎汶的语调有点苦毒，辛辣尖利。

"阎汶，你这些看法是从哪里来的？没在网上查找吧？"郑坦好奇。

"老师，这倒没有。如果有点偏激，请原谅。"阎汶镇定自若地一笑。

十二

郑坦当年没刻意去看明白谢老板和谢老板的母亲吴

太，谢老板和吴太对他而言，都归于一种善意的存在。不过这并不妨碍他努力去看明白这大城活跃着的其他红人和外来者。时间常常对善于观察的年轻人富有褒奖性。他看清了别人的舞步，心里有了谱。

郑坦为南边的杂志工作六年之后，改换门庭进了英商四十八家集团当上驻沪副代表，襄理一个英国人查理。为英国人工作五年，他顺利拿到了英国签证，重新拥抱校园，留学英伦。

郑坦为了袁时杰的事前去拜访过谢老板，谢老板郑重其事，还通知了母亲吴太。

依旧是在那座白楼，在二楼谢老板的办公室，谢老板母子同郑坦一起为袁时杰做了一番设想。

"小袁帮了我们很多忙，"吴太开门见山说了这一句才拿起茶壶，往郑坦茶杯里沏茶，"如今看看我们哪里帮得上他吧，真可惜，天灾人祸躲不过。"

"他自己搭上奥尔嘉的。"谢老板加以说明，"我调查了一下，他第一回见到奥尔嘉，你我都在，他俩没搭讪。后来，他来我们餐厅吃饭，又见到奥尔嘉，他一次次送花，一次次到后台去，有几回我在我也看见过的。我不能干涉这种事，我只能当成没看见。出了事，我才问了维克多。维克多说时杰是个疯子。人一旦沾在这种事情上，疯了也正常吧。倒霉的是他俩犯了法。"

郑坦点头。吴太说："对小郑我们不需要解释，小郑了解我们。看看我们能帮什么忙，我们尽力，不怕花钱。"

那时，吴太已不怎么在意徐家汇那个餐厅，现在谢家生意变了，如果视野赶得上这大城的变化，就会明白谢家成了应运而生的房地产商，且是顺风顺水的那种，据说谢老板背后有日本财团的影子。很多人看他，既看见那撇明显的仁丹胡子，也看见他的笑容染着日元那种务实的浅黄色。他是薰子的老公嘛！薰子穿着和服活色生香地参加各处宴会，让她夫婿带上了神秘的东洋女婿色彩。

郑坦完全相信大红大紫的房地产发展商能帮上时杰。时杰的前老板也对他不错，私底下据说也松宽他的，但当官的终究属于甩手派，不可能露出形迹。救援时杰，也只有靠吴太和谢老板，他们方便些。郑坦有心无力，没钱也没权力。

"如果谢老板在英国方面有任何设想，请不要客气。我目前在英商四十八家集团还能办些事情。"郑坦只能说说这个，但谢家暂时跟英国没生意往来，也没此类计划。

"小郑你是老朋友，时杰也是好朋友。你放心！"吴太说，说完站起来告辞，她实在事务缠身。

郑坦同谢老板谈完时杰，心里犹然藏着点情愫，他问谢老板："维克多还在城里？那么，奥尔嘉真被驱逐出境了？"

奥尔嘉已经回到了基辅。

谢老板手机里正好有张奥尔嘉在基辅圣母升天大教堂门前拍的近照，他打开手机让郑坦看。郑坦看见一个有点见老了的乌克兰女人，他不太敢相信这就是奥尔嘉，奥尔嘉在他记忆里是雪白的一具完美躯体，覆着深棕色的波浪长发。

自然，谢老板和吴太的任何努力最终也都付诸东流。时杰是有病根的人，老婆因为奥尔嘉的曝光同他离婚，他脑壳嘭然一声……照医生的说法是好不容易维持着的脆弱平衡彻底崩了。这过程不可逆转，时杰的余生要在那种地方度过了。

谢老板特意给已买了机票准备启程去剑桥的郑坦打了电话，告诉他时杰的结局，并劝他不必去看望时杰。

"小郑，想开点，这是命运。你去了徒增伤感，万一他认出你，他心里更难受。你一路平安，伦敦我有亲戚的，有事你还是找我，我至少能给你些资源。"谢老板也像在写一篇文章的结尾，他说，"多谢你历来对我家的支持帮助，我家小弟不太懂事，如果他有些让你不舒服的举止，请多多谅解。"

郑坦在电话这头难受了一下，既为时杰，也为流逝的青春，他对谢老板说的是"替我问候吴太。等我学成回来再见"。

到了英国，他很快忘怀了他在上海的生活，完全被另一种文明状态陶醉，他犹如从海里洄游到淡水里去的鲑鱼，与强劲逆流相拼，为融入新天地竭力改变自己的习性，培养学习新的感受。

有时短暂回望过去，他觉得那是一个持久存在的梦境，梦境里的人变得不真切，越来越遥远。不过，剑桥班里有个俄罗斯女郎，她的长相令郑坦蓦然回想起奥尔嘉。他请这俄罗斯女郎喝过一回咖啡，发现她和奥尔嘉完全是不同的性情。

从国内到剑桥念书的同学们很多和郑坦差不多年纪，这已不是求学的年纪。他们和郑坦一样，带着那种完成夙愿的幸福感站在古老的学府草坪上。但凡和夙愿沾边的，难免都带心酸和伤疤，同龄学生们嫉妒郑坦，郑坦无牵无挂。

郑坦并非主动安排自己的无牵无挂，但他无法抵挡当一个诚实人的热望。再往深里想，其实诚实本身不是一种吸引人去为之牺牲的美德，很多显得诚实的人，其实是无能力背负歉疚或自责。

因为同奥尔嘉干柴烈火般共度了一夜，郑坦的心，一半是艳遇的宿醉，一半是绝望的忏悔。

回到上海，他没透露什么，却渐渐开始同女友疏离，渐行渐远。他带着令女友觉得莫测高深的友爱脱离她的现实，她感受到，也许也没弄明白他的问题。好在这段感情并没建立起太多共同据点，撤离有伤感有徘徊，但没遇到真正强劲的抵抗。

在那之后，郑坦重新安排了生活的重心，有了明确目标：去英国念书。

那是郑坦个人生涯一个伟大的转折时期。后来他始终记得自己学生宿舍的窗景：近处是榛树林，远处是河流和教堂的尖塔，无论阳光灿烂的晴天还是烟雨朦胧的湿日子，一切历历在目，既有来龙，又有去脉。郑坦对自己的过去现在及将来，越来越看得分明，好比弄懂了一本经文。

至于寒窗苦读之后为何没留在欧陆而是回国，这包藏着另外一个冗长且难以解说的故事，无法简单陈述。对于郑坦，他并不遗憾，他历来愿意顺从上天的安排。

剑桥对于郑坦，正如剑桥对于百多年来无数的中国求学精英，是人生中一场澄明的高潮。他回到本城，再入工商界服务，五年后结婚，新娘是他回国后在英美同学会认识的，但她不是留学生。

郑坦离开徐家汇的酒店无窗房之后，有些意兴阑珊，没转场到其他街区漫游，他回父母家住了一小段时间。

父母老了，好比他们家阳台上耐旱的芦荟，浇太多水反而会出事，不理会它，它反倒旺盛持久。父母对散漫游荡的儿子，说不出什么责备或期盼的话，就是努力做点好菜，让郑坦大口大口吃下去。

郑坦把老父搀扶到阳台边大太阳里，让他望望远。他想起如今行动不便的老父从前是个烹饪高手，只要把有生命的东西放到他面前，他就会琢磨出怎么做这些东西才好吃。

郑坦早已不馋，他对食物有了严格的自律，不过，搀扶着父亲，他不由得回想起幼年那锅栗子红烧肉。印象里，既不是棕黄栗子馋他，也不是颤悠的猪肉，是阳光斜射进窗户，落在肉汤汁上照亮的金棕色油花……曾几何时，郑坦觉得这油花是幸福美满生活的表征。

父亲不利于行，思绪却是一辈子里最自由而飘逸的。他嘟嘟哝哝对儿子说着从前说过的故事："看下面那棵开黄花的栾树！我小时候在无锡住过的院子里也有一棵呢！到了傍晚，树上落满黑乌鸦，淡金黄花里扇动油亮亮黑翅膀。"

随想课上，郑坦老师问学生："你们老跟我强调那句老生常谈'钱不是万能的，没钱是万万不能的'，好吧，今天我们两代人谈谈钱，我问大家一个傻问题：爱情和钱到底哪个更重要？"

抛出了问题，郑坦伸手摸摸垫在屁股底下的毛巾毯，毛巾毯柔柔的，让人安宁。

"这算什么问题呀，老师！"曾表示不愿对自己心慈手软的女生立刻接嘴，"爱情应该和金钱手挽手结伴而来，它俩是朋友，不是仇人。"

"我靠！"东北男生大喊一声，捂住额头。

"确实不能找没钱的男生谈恋爱。"很多女生喃喃自语，"设定一个目标就不会吃亏：我只和富人谈爱情罢了！"

"好呀，很好。你们可以找大叔、找老头。"郑坦大笑，"年轻人里只有富二代符合你们的标准，不过，钱不是他挣的，说不定他还败家。"

"管不得，老师，"愿意爱情和金钱手挽手而来的女生撇嘴，"我不相信未来，只相信自己的眼睛。"

郑坦想起了阎汶，他的眼神开始寻找阎汶。阎汶的声音不是很有力，她说："爱情不是劳防用品，上帝不会赐给每一个人的。如果他赐给了我，我不会在乎贫富的。不过，没必要制造对立，不损伤爱情的钱，能争取的，我也需要。"

"你这是伪命题。"有人不喜欢阎汶的话，"老师问的就是对立的情况：爱情早晚死路一条，没钱的爱情当场横死。"

教室里响起笑声和掌声，郑坦也笑："真是语不惊人死不休。好吧，姑妄言之，姑妄听之。"

十三

记得是在忙完他父亲的葬礼之后余下的春天里，郑坦又预订城里的宾馆无窗房，重新开始他对于这个城市的探寻。

如今，父亲不在了，郑坦有点着急，觉得自己依旧童稚，不具有足够的智商和情商参透他自己身处的世界。郑坦急于要自己真正成为成年人，不要再余留任何形式的天真。尽管那些刚升了一个年级的学生把他当成某种形式的引路人和先驱，郑坦仍不能无视自己时常发作的烂漫。

学校里已没有任何台湾籍的老师，那种台湾腔调的国语随风而逝，只残存在其他师生们难得的幻听之中。

许小赐不再是个老师，她从布拉格发明信片给前同事和前学生们，祝贺明媚而短促的春天正染绿黄浦江边这座城市。郑坦也收到了她的明信片，是布拉格老城广场和提恩教堂的广角照片。许小赐留言：祝郑老师依旧从年轻人的脸上看见早春的绿叶。

郑坦并没有给许小赐邮寄什么东西，许小赐甚至没留下固定地址。他在微信上随时可以和许小赐交谈，他想了想，在地铁上把那条蓝底白纹的毛巾毯放在膝盖上拍了照，传给许小赐：毛巾毯是好东西，随时可以用，它给我柔软和温暖的感觉，我在父母家洗衣机里清洗这块毯子。

郑坦忍不住设想许小赐的岁月，他觉得许小赐的人生有历史长长的投影，也许她的无奈正是她的财富，她比较容易理解自己的现实。

随想课已经获得很了不起的初步成功，新学期伊始，郑坦试图和这批对随想课有好感的学生谈判，看看拒绝阅读的一代能不能拿起书本。

出乎他意料，简直令他惊喜：学生们无抵抗地答应购买并逐章阅读《日瓦戈医生》中文版。

每周的随想固定到一个人的命运上，不但是日瓦戈医生，大家同时将拉拉和东妮娅的悲欢纳入年轻的心怀。学生们把小说的主人公当成了活生生的人物，深入到时间和空间的幽深罅隙去……

阎汶被学校聘为勤工俭学的办公室秘书，一边上学，一边在教员办公室履行勤务。郑坦的教学大纲现在由阎汶根据他的口述代拟，他每节课的咖啡也是由阎汶端来讲台上。郑坦觉得许小赐很自然地传递了一些人文传统给阎汶，阎汶则非常愉快地向大家展示她学习了许小赐的言行。

一切都在春风里以令人愉悦的方式进行，日子如水流般顺畅而润滑，不需要人做什么吃力的动作。

法国梧桐树开始掉落积年的悬铃果，这些黄绿色的圆果子落在人行道上立刻碎成细末，那都是戴着毛球冠的种子，只要风来，便到处飘扬。

郑坦在地铁上打开双肩背包，掏出自己的记事本，在经过人民广场站时，他抬头深吸了一口气，这里正是城区的中心，他以红色笔芯写道：The mission is over.（任务结束了）。

考察这城市的任务终于完成了，郑坦所有有关这城市地理和历史繁杂琐细的疑问基本都得到了解释和体验。回首自己虚度的长长岁月，如果还有无法释怀的，都和这城市本身的状况无关了，剩下的只是他的灵魂特有的心病。

郑坦感到一种久违的轻松，这轻松是童年时买了鱼皮花生和冰砖钻进后院凤仙花丛的轻松，是当中学生时体育课装病获准回家后跑进新华书店的轻松，是大学里带着侥幸甩掉了舞会上搭识的不良女生的轻松，也是……也是想起袁时杰感到忧伤却不再强迫自己再见他的那种轻松。

郑坦意识到自己是一个成年人了，知道不再责怪他人，也不再肆意苛求自己。

他下决心告别这个城市四通八达的地铁系统，买一辆属于自己的车，车可以成为他的半个家。他觉得最后一回地铁之旅可以去见见那个在白楼里上班的苏兰，再看看谢老板造的白楼。他察觉自己依旧牵挂谢老板的那段旧时光，或是因为这道冗长而苦闷的"应用题"，他没有完全写上无可商榷的标准答案。当然，可能根本就没所谓标准答案吧。

肩头依旧搭着有点陈旧了的毛巾毯子，戴着蓝色棒球帽，郑坦推开了白楼的玻璃门，很凑巧，苏兰在楼里，是她的工作日，她还记得郑坦，对他露出平易的笑容。

"你来了？亏得我的工作算不得什么了不起的工作，否则如今这时代谁有空在上班时同你聊天？"苏兰打趣说，"是来喝旧口味咖啡的吧？你瘦了。"

郑坦轻松地笑笑，他感到幽默感潮水般涌向心头："我总觉得自己的分身滞留在这楼里，今天我来把它收回去。以后就不会来打扰了。"

苏兰扭头看他一眼，这一眼有些妩媚，令郑坦心生一动。苏兰和留在他心里的印象有明显区别，原先的苏兰不就是个穿着套装有些苍老的中年妇女吗，怎么相别数旬，她反倒年轻些，丰满些，也有女人味了呢？想必是这春天，这春风，这春心荡漾的时辰？

咖啡香喷喷送上桌头，苏兰同郑坦笑吟吟点头："正想告诉你呢，前些日子，谢老板来过城里，虽然没来这楼，我倒在某个会议上见了他，还同他合影了呢！"

"是吗，我看看！"郑坦渴望看一眼谢老板如今的样貌，好像仅仅从他的表象就能瞥见真理。

苏兰掏出手机，翻了一会儿，把手机递过来：屏幕上她和一个陌生的老头站在一起。

"这不是谢老板。"郑坦笑道。

"是，这是谢老板。"苏兰肯定说，"喏，再看看，这是谢老板的太太。"

郑坦一看，瞪大了眼睛，照片上吴太和这老头并肩而立。

苏兰微笑着翻动屏幕，是了，缀着仁丹胡子穿大戗驳领西服的"谢老板"终于出现了，不过人是这人，衣服却不是那衣服了。没穿大戗驳领西服，这人穿着休闲夹克，比郑坦印象中老些，气势衰败些，不过正是他。

"薰子和谢家二儿子没一起来？"郑坦问苏兰。

"要告诉你的新闻就是这个。"苏兰笑了，"你看这张照片。"

照片上谢家二公子和薰子站在一起，他大哥和另一个脸容有些熟悉的女人站在边上。郑坦凝望了一会儿，蓦然记起这女人是曾在这办过公的女雇员张晓敏。

"薰子可不是谢家大儿子的老婆哟！"苏兰笑了，"现在很多人都晓得了从前的故事，他家也不忌讳了。当年薰子只是他家雇来的日本女雇员，跟老大假扮成夫妻。谢老大的老婆是这个。"

张晓敏？她当年就坐在办公室成天看日本女人扮成她老公的老婆？那可是年深月久的！

"薰子前几年才嫁给了谢家老二。"苏兰笑道，"还好，结局挺圆满的，不是吗？"

"等等！"郑坦忽然惊呼一声，"让我再看看那个老头儿谢老板！"

苏兰撤回手机，妩媚地对郑坦笑道："喂，不该知道的，还是不知道好！"

"真是他？！"郑坦觉得四肢百骸都通畅，标准答案浮现出来了。

"喂，你觉得人世间最大的乐趣是什么?"苏兰眨巴着眼睛问郑坦。

郑坦觉得此时此刻特别特别能理解苏兰的问号，他甚至觉得苏兰因此有了别致的吸引力，顿然从平庸中年妇女中区别出来。他笑看她:"人世间最大的乐趣，大概就是'活久见'。我们可以静静等待答案，真正的答案总像海中冰山一样，会慢慢漂到你眼前，让你瞪大眼睛。什么都不必再说了!"

回望那参悟不透的腾飞年代，潮水退去了，故事只剩下赤裸裸的礁石。

晚上，最后一个宾馆之夜，郑坦放弃手机小小屏幕，在建国宾馆豪华的商务中心打开电脑显示屏，从网络中找出当年那位主管大城房地产及住宅建设，兼管城市公共服务业的副市长许多幅新闻照片，流水般翻动，打量此君神态。

如果他认识的谢老板把仁丹胡子剃掉，倒和此君有几分相似的。

那么，吴太到底曾是个寡妇，还是假扮了寡妇? 这还有点让人好奇。

随想课上，《日瓦戈医生》已按章读完了，郑坦老师想总结一下，他随口问一个问题："你们看完书，对哪个主人公的印象最深刻？"

他满心期待着"拉拉"和"日瓦戈医生"，或者"东妮娅"，却听见好几个女生说"科马罗夫斯基"。

郑坦老师莫名惊诧了。

"为什么是科马罗夫斯基呀？"他有点绝望地问。

学生们纷纷窃笑，只听阎汶的声音扬起："老师，为什么不能是科马罗夫斯基？满世界都是如此这般的成功人士嘛！难道要我们重复日瓦戈医生的悲剧性命运？"

九号线

一

油轮设计师施丰能总在傍晚走出九号线松江新城站，晚霞洇红西边楼群，鸽子飞翔。

松江这地方空间广阔，人口密度适中，空气质量优于市区。一方水土养一方人，没"上海"这名字时就有松江府前身华亭县，建县至今已历一千二百多年，传承为今日老城区；新城前身则是一望无际的水稻田，十来年前才仿英国城镇而建。

施丰能走出地铁站，把公文包放到小广场地上。他望着火红西天，脱掉墨绿灯芯绒西服，撸起白衬衣袖管，往上慢慢举手，伸了个懒腰。他身高一米八，戴黑框眼镜，瘦长脸皱纹深刻，胡子刮得双颊铁青。

他今天不急着从地铁站打的回家。虽然仍正常上班没放假，他却有度假心情：太太带着儿子飞德国去了。儿子考上了法兰克福大学，当妈的去支付一切费用，并要为年轻人编织一只挂在洋树梢上的巢。

施丰能想到这些，嘴角泄出了一丝冷笑，没恶意，甚至带点赏识，却很有讽刺意味。他被忽视了：太太有了更重要的使命，暂时顾不上管他。事实上，他将被忘却般

"野放"近两个月。

施丰能又撸下袖管，把西装一抖，穿回身上。

"难得！"他瞟着车站外一长排等客的橘色本地出租车，"难得自由自在！"

他终于笑了，长脸变圆了，露出还算整齐的牙齿。一个转身，迈开了腿，先走走再说。去哪儿？随意吧。

凡夕阳洒落的地方都金灿灿，夕阳下的本地石楠叶子亮晶晶，活像一条条沾着涎津的狗舌头。秋天的夹竹桃显得寂寥，花季早远去，等候它们的是难耐的冬天。大马路中间绿化带里成排紫薇已开败了一阵子，现在结着淡绿发黄的种子。

施丰能坐到街边的暗绿色长椅上，欣赏嘉松公路连绵不绝的车辆。当年他上到远洋油轮跟船考察，先坐甲板长椅上看了整个太平洋，接下来又看了整个大西洋。

太太和儿子暂时离开自己飞去地球另一方陆地，他日常生活里又出现了一片空旷无物的洋面，他回忆起远洋生活的寂寥，却又莫名地跃跃欲试！嗯，近两个月单身生活，嗯，自由，久违的，拿它不知道怎么办的自由……

首先就是今晚。施丰能点点头，立马就去吃一顿啰。一个人吃饭和全家一起吃饭，完全是不同的。

吃饭前，得去一下酒类专卖店。喝白酒还是喝红酒？

吃西餐还是吃中餐？

　　有一点是肯定的，他不可能呼朋唤友，呼朋唤友的日子早已灭绝。如今，老婆儿子在身边就三口子聚餐；他们去了远方，他只有独斟。独斟有独斟的乐趣。

　　第一个自由之夜，别奢求太多，就这样吧。

　　施丰能一个人独斟于小楼餐厅时，似乎同他素不相识的邓小桔疲惫不堪地在九号线松江新城站入站处和站务人员发生了激烈口角。

　　邓小桔可不是任人摆布的。她质问站务人员：你们到底要查什么呢？为什么所有包包都要放到机器上透视？人有没有隐私？你们拿出搜查证来呀？我手里这包包够小的，不用你们打开看，更不能放到传送带上，那传送带多不卫生！

　　最后，她昂首走过了检查点。邓小桔想，不是我不讲理，如果每个人你们都狠狠查，我一定也配合。凭啥挑我？我长得犯规？

　　邓小桔长得一点也不犯规。实话实说，大部分认识她的人都觉得她相貌别有一番风姿。她和别人不同啊，她天生属于少数派，上天给她的不给别人，给别人的呢，她也不稀罕。

当然，如今她已人到中年，不承认自己正在变老是不识相的，何况家里有负累，简直像甩不脱几只山蚂蟥天天附膝盖上吸血，她不能不感到涣散，如此这般地恐慌。但她还没蝉儿那种被秋风吹僵的厄运临头感，她尚在观望。

她看见九号线地铁驶入车站，透过车厢玻璃看，地铁上的空座已寥寥无几。她感到绝望，两手都提着包，要知道从松江新城到达她的目的地马当路站要行驶一个多小时。

她已在人来人去的医院里站立了接近一天一夜，没怎么坐下过，也没捞到哪怕半小时的睡眠。邓小桔有种想哭的情绪，她心里储满了水，只要任何人惹她一下，她就要溅泪了。她咬住下嘴唇，等地铁开门，她告诫自己要克制，要有一个大都市女人的腔调。别示弱，但也别再控制不住自己向他人示威。

车门打开，周围等车的人不由自主抢着向车上挤，丝毫不肯礼让下车人。邓小桔矜持地侧身让开，让车上乘客先下，她带着对那些抢座者的鄙视和漆黑的失望最后一个走入车厢，她只能找到一根立杆了，把背靠在上头。她深深吐出一口气，如水泻地，实在撑不住了。

她心里愤恨：为什么在这城市活了半辈子，现在姆妈想在家门口看病却排不上号了，住院也等不到床位了？

她还没想通这问题，姆妈的病势不容她继续僵持，她只能把老娘送到松江的第一人民医院分院来治疗。市区的专家一周有两天到松江分院接诊，这制度总算还能为姆妈在城里找到诊疗机会，争到住院资格。

别问为啥没人来替换她看护老娘：父亲过世了，她是独女；她没子女，离婚之后，自己也独守空房了，谁来帮？

至于邓小桔后不后悔离婚，她对自己清清明明说："缘分如此，缘尽无分。"明白人呀，打落牙齿肚里吞。

过了大学城站，乘客越来越多，邓小桔蹙紧了眉头，头晕腿颤，身上出虚汗。她决定放弃，到下一站先挤出车厢找座喘息。

不过，到了下一站她并没下车，她眼前金星乱冒，不敢动弹，身上大汗淋漓。她怕自己晕倒，把手里大包松开落到地上，那是带去医院后发现没用的杂物。她紧紧攥住自己的小包，里面有姆妈的医保卡，还有一万多元现钞。她担心一旦松开手，晕过去，这些重要的东西会被人拿走。

她顶不住了，咬牙晃身要在七宝站下车。正弯腰捡自己的东西，一个刚坐到空位上的年轻男生站起来："阿姐，侬是不是不舒服？来来，侬坐。"

邓小桔感到一阵松弛，那白净男生二十多岁，牛仔裤白衬衣，满面神采。他俯身帮邓小桔拿东西，有个胖胖的中年女人却一屁股坐到他让出的空位上。

邓小桔疲惫地笑了笑，她眼前金星不冒了，人很虚，却清醒了。她摇摇手，示意不要和那女人计较。这时候另一个年轻女生扯扯她的袖子，站起来把座位让给了她。

邓小桔坐下喘过了气，包里掏出湿巾纸抹汗。她想明天一早还得挤地铁赶松江来，早上八点主治大夫查房，查完后家属得和医生会面，讨论病人病情和治疗方案。

坚持住！邓小桔对自己说。

坚持，坚持，直到倒下为止！

二

施丰能的父亲曾是远洋运输轮正职船长，他虽不能带儿子出海远洋，两年一次回上海母港时，他有权让老婆孩子住船上来。只要家属乐意上船，他本人无所谓，就不回苏州河边海员公寓。

说句老实话，海员公寓的条件未必有他那船长套间好，公寓甚至还缺乏他习惯消遣的种种东西。

这位干瘦多皱纹的父亲已习惯于海上生涯，他的心从不属于这长江口城市，他和儿子谈论的都是那些遥远的外国城市。此外，施丰能发现，父亲同他母亲的关系也异常贫瘠，仿佛他俩只是一锅持续不断供应的食物的天然分食者，而他施丰能，恐怕仅是偶然性的产物——某种生活事故的无害后果。

老施船长对儿子还挺够意思。他一发现儿子开始批评他的船，便对儿子产生了某种兴趣。他搜查海员公寓，找到了儿子那种稚气批评的"培养皿"：一批从旧书店淘来的关于船舶的旧书和从图书馆借了不归还的船舶设计图。船长点点头，对施丰能说："侬老卵的！有本事呢，设计条像样的船出来，让阿爸老头开！"

他私下给了儿子一笔可观的零用钱，交代说："你可以拿这钱随便花，如果用在女小囡身上，也不是不可以，但下次就不给了；如果花来研究船，我见你一回给你一回。"

后来就不说了，施丰能天生更爱船，想设计一条自己的远洋轮。

他考上了海运学院，到浦东上大学。那时候，浦东是没夜生活的地方，晚八点，浦西红男绿女，浦东从没奢望过什么"大开发"。

海运学院周末虽有学生舞会，却只许娱乐到晚上十点。平时夜里，黑沉沉的校园啥也没有，连夜宵也无处觅。你若不肯睡，走廊里有只高高吊着的昏暗灯泡，你可以闻着厕所臭气，捧书，熬夜。

施丰能对妻子回忆大学时代："有句话千真万确：监狱是最好的读书地。"

临近大学毕业，施丰能对自己能去什么地方工作完全没把握。那年头，毕业生自己不找工作的，都等着学院统一分配。老施船长从外国发回一个电报问他想去哪儿上班，施丰能晓得老头有法道，老实不客气回了七个字：船舶工业研究所。

船舶工业研究所当时算效益好的单位，不愁吃不愁穿还管分房子。施丰能在研究所待了十年，和所里一位女同事结了婚，住进分配来的一室一厅，过太平日子，直到他觉得这种太平日子散发土腥气，埋到了自己喉咙口。

这时候，他想动是好的：时代更新，外国公司来了。外国公司需要堪当亚洲业务的设计人员，施丰能先从研究所跳槽到一家韩国船企，后来丹麦来的欧洲人更大方，他们肥厚的橄榄枝让他再次移动，而他们懒惰和亲切的天性终止了施丰能自己也不喜欢的改换门庭。施丰能在丹麦船企待了下来，一待就差不多二十年。他有了自己设计的远洋油轮，还不止一条。

作为国内业界声名鹊起的设计师，他一出手就是大船，这让他无法拒绝妻儿对大房子的向往。他保持了低调，在松江新城这种远郊区买下复式公寓。

日子连绵不绝，真像海浪般互相间没空隙，不让施丰能片刻喘息思考。

长久以来，他第一次面对生活中的停顿：老婆和儿子飞走了，给他一段独处时间。

第一晚他喝了白酒，白酒最能让人松弛。他找不到什么特别理想的餐馆，他坐在一排排年轻人中间，形单影只。

他一边喝酒，一边大啖平时老婆禁止他吃的辣菜，还旁听隔壁桌上谈话。

回到冷清清的复式公寓，懒得上下跑楼梯，简单洗洗，他就仰在客厅沙发上看碟。他喜欢看惊悚片，一连看了三部，没关电视机，睡过去了。

早上还按千年不变的生物钟醒来，浑身酸软，不得已热水淋浴，打车奔九号线地铁站。

早晨的地铁站怕是城里最望而无趣的地方：没睡醒的人们木偶般候在玻璃门口，样子像丢了壳子的蜗牛，手里食物散发气味，叫旁人难受。

施丰能今天心情好，同情地铁线上芸芸众生。他等地铁时有闲心观察四周，想统计一大清早能有多少人看上去和自己一样愉快。这时他看见了蜷坐在等候区铁皮长椅上的邓小桔。

邓小桔几乎一路站立着刚到达松江新城站。

她完全受不了了，在这里喘气续命。

施丰能首先被这女人的病态所吸引：她正在受折磨？她脸色苍白，皱起了鼻子，闭着眼睛，嘴角抽搐，露出门牙……她的手紧紧攥住自己的小包，也许里面是重要东西，她怕自己晕倒？

施丰能决定放过正在入站的这班地铁，他想尽一个路人的责任。

如果这女人昏倒，他会马上招呼那边挥着小旗子的车站管理员；若管理员需要帮一把，他也可做力所能及的事。但他主要想帮生病的女人看住她的包，不要被人浑水摸鱼拿走。

施丰能仇视小偷和骗子，如有机会与小偷或骗子对敌，他会勇不可当。

一个男人认为自己是勇士，这是必须的。但凡男人最终选择当了胆小鬼，也未必不能理解，事后要酌情而论。无论如何，没什么能妨碍施丰能站在这里，为这不舒服的女人站一会儿岗。

邓小桔昨晚仍忙到深夜，她必须为姆妈做一些汤羹，姆妈只接受自家口味。老太太病入膏肓，还很挑嘴。

她的理性提醒她做好心理准备：姆妈这种病，日子不会长了。她能做的就是暂时忘怀自己，把老人服侍好。

凌晨她就从全身性难受中醒来。也许半夜洗澡着了凉，她发烧了。

可恨九号线地铁在马当路站根本不会让人找到空座，她发着烧，竭力提着两只有汤水的锅子，冷汗涟涟。座位上坐着的人们全低头摆弄自己的手机，没人抬头观察她。她咬紧牙关，竟一路站到佘山才有位子空出来。她坐下去那时候，感到自己一屁股坐到棉花上，晓得不对劲了。

她出了车厢又在地铁站坐下，竭力对付自己的晕眩，感觉阵阵冷风；她闭着眼想熬过去。她不知道有个中年男人打量着她，准备在她突发昏厥时帮她忙。

施丰能和任何男子一样，既然没立马等到邓小桔病发，就顺势打量起她长相来：略显丰满的一张鹅蛋脸，最有特点的是眉毛，这眉毛肯定没文过，就是天然的两道弯，黑而神气。她的病容减低了肤色亮度。她偶尔睁开眼，是丹凤眼，烦躁而隐忍的眼色……

施丰能觉得这女人的眉毛很有表现力，隐隐撩动了自己的什么情愫。说不清楚，一种悠远的情愫，仿佛远在岁月深处。

他觉得偷偷打量别人不礼貌，就掂量起情势来：真有必要悄然守候这个陌生人吗？女人呀，有各种各样出乎男人意料的可能性。自己可以走开了，别自作多情，也许就是一个痛经案例，关心多了成笑话。

新一班开往浦东方向的地铁已进站，施丰能慢慢移步进了车厢，找个位子坐下，他还可以看见铁皮椅子上病态的女子。他垂下眼帘，等待车辆发动。

车等候在车站上不动，他开始数数，一、二、三、四、五、六、七……他像只青蛙从荷叶上跃起，叫旁人吃惊地冲出了车厢。车门合上，地铁即时驶离了车站。

这瞬间，站点上只有三个人：远远站立的管理员，跳出车厢喘气的施丰能，以及睁开眼看着施丰能的邓小桔。

施丰能直视邓小桔，像个牵线木偶移动脚步。他走到邓小桔身边空位坐下，邓小桔的眼睛刚才跟着他移动，现在看住他鼻尖。

"不好意思，你是不是不舒服？"施丰能开口，"需不需要我通知地铁管理员？或者，我能帮你什么忙？"

邓小桔看着他，绽开一丝仿佛和生病无关、脱离了病态的微笑："我们互相认识吗？"

"噢，"施丰能觉得这微笑有种魔力，像古代的一朵莲花飞来吻在自己嘴上，"我，我只是看你样子像生病，我想我应该帮忙。"

他感到一丝尴尬。

"其实你不是。"女人的笑意更深了，笑解除了她的病容，脸盘散放出柔和的光，"你是想来搭讪我。"

施丰能甩了下脑袋，他自取其辱。

反正，无论被人当成什么，这是自己这两天荒腔走调造成的。他倏地站起身："对不起，很抱歉唐突你了，再见！"

邓小桔咯咯笑出了声："坐下吧，施丰能！如果我没认错人的话。"

施丰能瞠目结舌。他回转身，仔细打量这突然摆脱了病态的女人。她在笑，笑着看自己，眼神很亲切。他恍然想起了什么人，不真实，很模糊，仿佛池塘里泛起一个暗影，还不能确定就是鱼。

她的笑容的确给他一种熟悉的感觉，那咧开的嘴唇恰到好处地衬出珍珠般的牙齿，很像莲花的花瓣托出完美的莲蓬……时光飞转，落下隐约烟花，有种酸楚的感觉像吞了芥末般刺上眼睛。他眼前出现一张蓝紫色的糖果纸头，一只放在眼前旋转以释放花环的万花筒，还有一块小小但斑驳的雨花石……

施丰能不敢相信自己已年过五十，眼前这陌生女人的名字一个汉字一个汉字在记忆里浮沉，他先打捞出一个"桔"字，而后是"小"和"邓"。

"邓小桔？是你？"他笑了。有颗潮湿的子弹以超低速旋转着射来，射中他那感知时间的神经中枢。

他听到胸前某个地方发出噗的一声。

三

施丰能一旦投入设计事务，喜欢把自己锁在办公室里谁也不见，戴耳机听交响乐。

他记起邓小桔这名字，登时耳边都是悠漫的乐曲，各种各样的时间：直线时间曲线时间、个人时间公共时间、人性时间反人性时间、有效时间垃圾时间、被牢记的时间被忽略的时间……在九号线地铁站里飞舞回旋，缠绕在一起。

邓小桔是他小学一年级到三年级时的同班同学。那是差不多四十年前的事。

邓小桔欢笑着看施丰能："怎么你还是老样子？你两只老虎眼看人的样子没变！"

　　施丰能有点羞涩，"老虎眼"是邓小桔描摹他外貌的独创词，四十多年间无人提起，他喃喃说："那时候，我俩可真是好朋友！"

　　说完这句话，他脸红了，他想起正是他自己主动切断了和邓小桔的友谊，断交的原因匪夷所思。

　　他俩一起走出了等候空间，回到地面层。施丰能问："你没事吧？我请你去喝杯咖啡？"

　　邓小桔一路慌乱地偷偷修饰着自己，这边抹一下头发，那边掸掸衣服，这些天她太狼狈，模样全部坏掉了！她笑吟吟说："我要赶到第一人民医院去，我妈住院了。要是你下了班有空，我们倒可以聊聊。"

　　两个人在出口处交换了电话号码，邓小桔挥挥手，对施丰能一笑，旋过腰肢，要走。施丰能脱口而出："等等！是你妈住院？你阿姨还好吗？"

　　邓小桔收起笑容，慢慢说："阿姨很多年前就不在了。"

　　施丰能眼前那个戴着黑框眼镜和蓝色有檐工人帽的女人形象一下子风化成粉，他无言可对地点点头："哦，对不起。你路上小心，下午我们通电话！"

　　他是通过她阿姨——一个街道生产组女工，才认识她的。

　　施丰能这下子神不守舍地坐在开往浦东的九号线地铁上，来自发霉的20世纪70年代的雨淋湿了他。别人肉眼凡胎看不见，其实他像只落汤鸡，羽毛湿透，坐在他风起云涌的回忆里：

　　海员公寓前头弄堂里有栋六层楼房子，这旧房嵌在海员公寓和对面373弄12号楼之间。施丰能家六平米大的阳台正巧位于那六层楼房的屋顶平台斜上方。站在阳台上，施家人看得见生产组工人们在每层楼道里走来走去。有几个工人还有钥匙能打开铁门，上到屋顶平台，晾晒大家做好的牛皮纸信封和马粪纸板。

　　那个戴黑框眼镜的女工有钥匙，她每次看见站在阳台上的施家母子就挥手招呼："你家男小囡好看哟，眼乌珠像桂圆核！"

　　施家姆妈听了舒心，细绳子吊小竹篮下去，请这女工吃切好的苹果。

　　女工的外甥女有时会来，小姑娘跟着阿姨跑到屋顶平台上，满屋顶兜圈。她穿粉红裙子白衬衣，脸蛋白净净。但凡她看见海员公寓那阳台上站着的男孩，会笑，挥挥手。不过，施丰能和邓小桔那时没互相说过话，他们彼此留意，保持观察，就像屋顶上那些野猫：我眼眶里有你，你眼梢有我，观望着，琢磨彼此。那年代的午后蛮长的，那时候的黄昏宁静。

邓小桔终于怀着愉快的心情和想同姆妈对话的欲望来到了住院部。第七层内科病室的门紧紧关着，家属们都被赶到门厅休息室里坐。大夫正在查房。

邓小桔选了个阳光里的座位坐下，太阳光兜头射她额上，她谁也看不清，像被笼在时光的茧子里。四十多年又怎样呢？阳光是同样的。

只要记忆的丝线被扯动，秘藏的感受就散发着旧气味被摊开，像被遗忘在铁皮罐里的陈年脆蛋卷，摊开时不但吸满时间的水分且布满绿霉点……

邓小桔记得小学一年级开学那天，她主动和施家儿子说了话。老师吩咐大家到教室后面搬椅子，邓小桔搬椅子路上对傻站着的施丰能说："喂，你好，你想心事啊？"

施丰能跟在她裙子后面去搬他的椅子，他在她背后说："我坐你旁边？"

她点点头，回头对他一笑："我喜欢和长得干干净净的人坐一起。"

九号线地铁正停靠小南门站，施丰能正巧回忆起邓小桔当年那嫣然一笑："我喜欢和长得干干净净的人坐一起。"

他为这回忆笑了。地铁车厢里坐他对面正偷偷观察他的一个女学生看见了突然迸发的这一笑，她觉得这真是典型中年人的笑，似乎很甜，形式却还是苦笑。那种不敢相信、不敢应承和不敢得意的腔调，显得又笨又可怜。

施丰能又跳跃式想起后面的一些日子：邓小桔为人大大方方，她总穿整洁的单色裙子配白衬衣，身上淡淡馨香，像只合起翅膀的蝴蝶坐在他右边。

他忘带铅笔盒的日子，她慷慨地借给他削得尖尖的中华牌2B铅笔和有水果香味的橡皮擦。每次他想发脾气，或想起什么事觉得没劲，邓小桔眉毛一挑，给他一个淡淡却明媚的微笑，像一泼水落在炭火上嗤嗤响。

地铁驶入世纪大道站，施丰能出车厢换乘二号线，二号线到达他陆家嘴的办公楼。他走在换乘人流中，觉得今天是不同凡响的一天，有原初的清洁的光射进灵魂。

主治大夫是个黑脸膛老教授，也许多年从医经验让他收敛掉了多余表情。他翻看邓小桔姆妈的病历和化验报告，不动声色，有点像数学家做繁复心算。邓小桔面对主治大夫静坐，等他示下，她有不祥预感。

大夫抬起头："家里能负担大额医疗费用吗？"

邓小桔僵在那里，无法回答这问题。这问题啥意思？姆妈作为退休职工，本有医保卡。

大夫自顾自点头："七十八了，七十八的年龄，也许不算高龄，但也……"

"大夫，你的意思是不是……"邓小桔硬起心肠问。

大夫轻微点点头："晚期。年纪又这么大。"他看了邓小桔一眼："生命有规律，子女要想开。"

早上遇到施丰能的一点喜气此刻还蛮强劲，积在心头暂没被冲散。邓小桔像所有女人一样，先扑进电梯，下到医院草坪上掏出手绢，才呜呜哭了一阵子。擦掉眼泪鼻涕，她补了口红和眼影，没事人一般回进病房看姆妈。她今天不担心没话讲，她要给姆妈讲讲一大清早的奇遇。

姆妈好端端靠在大枕头上，脸蜡黄，精神倒还在，正和病友聊天。邓小桔走进去，姆妈递给她一只削好的青苹果。

"姆妈，侬晓得我地铁上碰见谁？侬就算想到头晕，也想不到的！"邓小桔笑着说。

姆妈仔细端详她，仿佛松了口气，冷冷答："世界上那么多人，叫我怎么猜？"

"还记得起施丰能这名字吗？从前我说起过。"邓小桔一心想说故事了，想必姆妈全部忘记了，可以从头说起，很能打发陪护病人的寂寞和愁思。

可惜万事都不如人意，只听姆妈喉咙里哼一声："怎么不记得？我记得一切。这不是那个听你说自己长大会变丑就马上不理你了的男孩子吗？这种人，现在难道有出息？"

一点点才怯露绿意的快乐被姆妈随手揪掉了嫩头，邓小桔噎住了讲不下去。同时，她这才回忆起后面那些事。那些事在她意识深处属于另一个男孩，那个后来对她失去兴趣的施丰能。

"也不晓得呢。"她装笑，"看上去像个工程师什么的样子，心还挺好。他没认出我，我在车站上不舒服，出冷汗，他想帮我叫地铁管理员来。"

姆妈的注意力完全转移了："你不舒服？这几天连累你了，你的身坏也是不灵光的。唉，要不你快回去躺着吧。这里有护工可以请的。"

施丰能等地铁二号线时回忆起了自己和邓小桔最要好的那些日子。

那些日子里，他俩不仅在教室里开开心心聊天，交换作业本，有商有量，放学还一起玩。两个八岁孩子腻在一起互相喜欢，没人说闲话，要说就说"由他们去"。

邓小桔的阿姨点了头，同意邓小桔下课后去施家做作业。阿姨会在生产组六楼探出戴蓝帽子的头，甩长辫子喊："小桔子，我下班喊你，你就下楼！"

施丰能站在地铁车厢里，想起邓小桔阿姨当年抬头呼唤的怪模样就不由得笑了。这车厢里一位正无意间观察他的老阿姨心想："哟，这男人笑得奇怪！心里啥好事？"

施丰能在家里向邓小桔展示自己的宝藏。他拉开五斗橱属于他的那只大抽屉，请邓小桔看大海。

抽屉里先铺了报纸，报纸上摊开一层奶黄色细沙，当然是父亲从遥远的太平洋岛屿拿玻璃瓶装来给他的。沙粒上有一只大油轮的小模型，油轮的大烟囱高高竖起，漆成黑色，非常老卵的！油轮四周不但有各色各样的贝壳，还有五颜六色的珊瑚柱子和布满细纹的珊瑚块。

"哇！"邓小桔张开薄薄红唇，淡淡叹息，"好看！"

施丰能好几次昏头昏脑对邓小桔说："喜欢哪样？侬拿去！"

"是吗？你肯送给我？"邓小桔每回都欣喜地看着他，但从不伸手。

抽屉里最后还保留了完整"海图"，她只接受施丰能分享给她的动物巧克力。动物巧克力装在长方形包装盒里，要从侧边慢慢抽出来。

"哇！"打动人的不仅是巧克力，先是覆在巧克力盘上的半透明油纸。这油纸多么考究，散发甜甜香味。

施丰能说："所有狮子、老虎、大象都归我吃，所有兔子、羊、猪和猴子都归你。"

……

邓小桔问了护工服务价，帮姆妈找了护工。她觉得自己要睡着了，眼皮粘在一起。她在病室角落蜷在姆妈病床脚跟，将就着合一合眼。病友都放低了嗓门，可怜她。她一睡就到了半梦半醒之间，看见小时候的施丰能渐渐收拾起温暖笑容，变得不可理解的冷漠。

她自然还记得自己那次发疯，那可不是梦。

她不晓得自己为什么那样做，她当时就想那样做呗，想对施丰能说出那几句话。

好倦哪！我对施丰能说了什么？

扑腾在睡意里，她捏住了姆妈病床栏杆，记起那往事。

那一天从学校放学出来，还没走进施家，她请施丰能喝一瓶橘黄色的橘子水，说："告诉你一个秘密，你不会对别人说吧？"

施丰能摇摇头："不说。你和我两个人的秘密。不告诉别人！"

她那时必定是发疯了，她说："我害怕。我们家的女人都有遗传毛病。就是，就是我长大了会变成脸上毛茸茸的毛人，变得猩猩那样子丑。"

"你瞎说。"他笑了。

"没有，这是阿姨告诉我的。"邓小桔想把谎话圆到底，"你看我阿姨，她戴着黑框眼镜，每天晚上都要刮脸。"

"啊？"施丰能的橘子水瓶子哐当掉在水门汀地上，跌成粉碎。

快要在姆妈脚跟睡着的邓小桔脸上露出了一丝尴尬，她抵抗着浓重睡意问自己："到底为什么小孩子要说可怕的谎话？害人的谎话到底从哪里跑出来？"

施丰能出了地铁站，顺着马路朝大楼走。他漫不经心瞥一眼东方明珠塔，踏上了圆形过街天桥。这个早晨，他最后一次兀自发笑："我上当了？这邓小桔没变丑八怪嘛！其实她还挺有气质，她的鼻子是希腊式的！"

擦肩而过的一个女人看了他一眼，偷笑："这大叔有问题，大清早笑得这么暧昧？这年纪了，不晓得危险？老房子要是着火，消防车也救不了的！啧啧。"

施丰能走进办公楼，跨进电梯时心情黯淡下来，他责备自己小小年纪就没经受住友谊的考验。

就算邓小桔变猿人又怎样？难道她变难看了就不是朋友？当年她对我不是很好的嘛，她把自己的万花筒和雨花石都送给了我。

他同前台打过招呼，推开自己办公室的门。电话马上响了："老板，你太太有留言。"

四

施丰能记得公司曾有一位两度入职的年轻设计师，在这公司运气不佳，两回加入都像大象跑进瓷器店，打烂了很多微妙的东西，最后搞得自己立不住脚。他对这倒霉的年轻人还颇有好感，但帮不上他忙。

他曾试过帮他一下的。第二次入职后不到半年，那人就再次一筹莫展，施丰能巧妙不露痕迹地请他喝过一杯，告诫他"不能忽视时间与时间之间的缝隙，一不小心，人会莫名其妙陷进去"。

当然，正如他事先预料到的，那人没听懂。

"在你上次入职和本次再次入职之间相隔了五年。"他对那年轻人指出。

"嗯哪。"那人点头。

"你需要做的是什么也不做，就是好好地看，看明白现在是怎么回事。"

"是啊，是啊。"那人诚恳地点头。

施丰能当即明白自己的金玉良言被当成了耳边风。

如今，施丰能想告诫自己吸取那人的教训。

人世间的事是这样的：哪怕你天天劝诫别人，搞得像个牧师，你劝诫别人的事往往容易发生在自己身上，叫你不但叫屈，且羞愧无地。

你和邓小桔已经是典型的陌生人了，就算她认出你旧模样，又如何？

你和她之间隔开了四十多年，这简直就是隔开了茫茫人世，几乎成了两世人，就算碰到，理应擦肩而过。

不过你们竟约好了下班见面？等于约了吃晚饭嘛。这是个风险事件，别忘了时间的陷阱！她不是那个她，你也不是那个你！

施丰能回复了妻子的一些提问，没和她通话，通过微信留了话，也给儿子的微信留了几句。然后，他告诉妻子今天晚上有应酬。十点左右才会到家。

按部就班处理事务，他总是有条不紊的。中午吃什么呢？他本想去江边德国餐厅吃烤猪膝，却改成到正大广场吃石锅饭套餐，省下时间到负一层家居超市挑一样礼物送给邓小桔。空手去见邓小桔不得体，当然对礼物本身要善加考虑，保持好分寸。

事实上，他在家居超市逛了一小时，买下一套千元价格的日本烧制欧式骨瓷茶具。

　　邓小桔可怜兮兮只在姆妈脚边睡了一小时。她感到自己的热度被压下去了，人说不上舒服，至少难受少了些。她服侍姆妈吃过午餐，姆妈想睡午觉。邓小桔说："那我回家喘口气了？明天一早再来？"

　　她出医院，打的直接回九号线地铁站，搭上驶来的那班车。下午这时候，车厢里全是空位。她闭目养神，想让自己彻底退烧。她觉得自己嘴里有股味道，身上也有了难闻气味。她想到家就洗澡，弄干净再去楼下美发厅洗发，时间够，就把头发做一做，换身出客衣裳。

　　这样子会不会让已是大叔的施丰能有想法呢？自己是不是有点失态呢？邓小桔在地铁上一摇头，清醒过来。

　　不过也不能一副腌臜模样出去同人怀旧吧？施丰能毕竟是……是所谓发小嘛！多年未见，肯定是上帝安排着又见到的，至少要把自己弄得干干净净。

　　她打定了主意。

　　施丰能大约下午四点打来电话，她正洗头，手机特意放手边，终究还得擦脸抹发，有点手忙脚乱。

　　"咱们就在你家附近见好了，哪里我都可以打的去的。"施丰能体贴地说，"本来觉得你身体不好，改天见也好。你行吗？"

　　"我没事。"邓小桔对着话筒笑一声，"就九号线附近找个地方吧。"

他们约了在日月光吃西餐。

放下话筒，施丰能开始整理桌面。他是个极有条理和尊崇纪律的人，不把自己办公桌文档什物收拾归类到让人觉得条分缕析他不会离开。此外，带着疑惑不明去办下一件事是不道德的，这是他对自己定下的一条规则。

因此，他紧接着干了一件秘事，他对自己说："还是搞清楚为好。"

他缓缓打开办公室门，眼前出现归他领导的那七个雇员。他特意安排他们坐在他视野里办公。

他装作漫不经心，却心怀叵测打量侧对着他坐的设计助理玛丽罩。

玛丽罩是个二十七八岁的未婚女人，身材高挑，曲线分明，一头黑发大波浪，发色鲜润。施丰能瞄一眼她大腿和臀部，觉得心里一阵麻痒，后颈部泛起热火。他从没和玛丽罩说过超越分寸的话，也绝不同她单独相处：玛丽罩对他而言是有毒的。他一看到玛丽罩就明白自己还没老，只是某种麻木有来头地笼罩住了自己。

看过玛丽罩，他关上门，闭眼想了想早晨遇见的那眉眼漂亮的女子。他想起童年时的邓小桔，一朵茉莉花。他又想想现在的邓小桔，不，并非茉莉花干，还很好，但不拥有玛丽罩对他具有的那种天然力量。他自言自语："这是很好的事情啊，像有机会伏下身子，仔细看看从前的自己嘛。"

走出办公室，他行路不紧不慢。经过大堂咖啡厅，要了杯意大利浓缩，仰头喝下去。

他眼前飞舞起一张糖果纸头，那纸头也许是邓小桔从前送给他的吧？记不真了。但他能细细回忆起蜡质小纸片上紫色的繁复花纹，那一片夜的紫色中有一钩弯月，柠檬黄。

昔日，宁静地蜷伏在遗忘之尘下。他现在兴冲冲去和一位分享过往昔的人一起拨开灰土，有幸探视对大多数人已不可得的过去。

邓小桔是唯一能和他分享童年的人。如果没有邓小桔，那一段岁月只能继续沉睡并最终石化，现在，他俩可以合作把童年复活，如同从土窖起出几十年前的茅台，一起喝。

出门时邓小桔遇到意外之事。前夫刘粤迎面走来，对她招招手："你在家？"

邓小桔微微吃一惊，她以为离婚之后很难再见到刘粤了。他这是来干啥呢？

刘粤若有所思上下打量她一番，脸上露出她很熟悉的那种腻笑："打扮成清秀女学生，这是去见谁呀？"

酸酸的口气登时叫邓小桔心火升起，那眼光看她也和其他人不同，仿佛看到她衣裳里头去的，没一点敬重。邓小桔声音不高，冷冰冰："全世界人都可以问我这问题，独独你，没问的资格！"

刘粤刷地收起笑容，瘦脸黑了一黑，他在外企当着高管，平时没人敢顶撞他嘲讽他。他沉沉脸，端正自己："听说你妈病了？我来看看，需要我帮忙吗？"

"不需要。"邓小桔回答。

停了停，又说："跟你没关系了，不是你妈。"

"何必这样呢？"刘粤看前妻，"离婚是你开口的，不要对我怀着敌意。我过来，是好意。你，你自己身体也不好。"

"好不好，跟你都没关系了。并不是谁提出离婚，离婚就是谁的选择。"她伶牙俐齿，"愿意赖着不动，成天吃腐食的人，绝不是好人。"

刘粤往后跳开一步，摆摆手："随你，随你说。我不是来斗嘴的，我带了些钱来，你给妈妈……"他从口袋里掏出两沓钱，应该是两万元。

邓小桔扭头看了看，周围没人。她回头对刘粤说："你回去吧，我不缺钱。这些事，如今同你真没关系了！"

刘粤僵持了一分钟，点点头，收起钱："跟我没关系了呀。你提醒得好，邓小桔。但和谁有关系呢？跟你现在出去见的人吗？嘿嘿。你办事挺麻利的呀！"

"不关你的事！"邓小桔蹬了一脚，地上扬起灰，脏了她鞋子。她转身回家换鞋，把刘粤晾在公寓门口。

五

施丰能早到了，站在西餐社门外抽支褐色卷烟，眯缝眼睛打量红男绿女。

抽着西班牙带回来的这种卷烟，施丰能意识到自己最近一两年算松懈下来，有一点怡然心态。本来他像轧辊卷在机器履带上，愿意不愿意都随着喀喇喇转，消耗得很。有一阵子几乎撑不下去，到医院治发烧，青霉素皮试一针下去，立刻听到叮叮咚咚，人软下去瘫在地上，豆大汗滴额上淌……

不经意间海运生意全球复苏，很多人欣赏他设计的新式油轮。他为枯燥无味的油轮设计了一个现代化奢享区域，船员可以蒸桑拿，也可以烧烤，还可以飙歌……万里航行，孤独必须可以享受。他是设想着养老院里老年痴呆的阿爸做的这些设计，欧洲上司觉得船员会喜欢，船东们和董事会也许更喜欢。当然，他的设计还不至于让油轮成为邮轮。

银行账户春江水暖，小溪汇流大河。他恍然大悟婚姻的瓶颈可以被陡然增加的财富疏浚。已经习惯抱怨和责备的女人忽然看见松宽的前景：自己有能力请长假（脱离公务）带着儿子离开老公（及繁重的家务）出国度过一段自己能做主的时光。幸福不多来，来了要抓住。本来儿子就是老公之后的永久情人，虽然这情人已在跃跃欲试，但毕竟暂时还无力脱离她的怀抱（老公也未脱离，似乎昏死在这怀里了）。

施丰能虽觉得"有钱能使鬼推磨"这话带恶俗动机，但确实感谢钱币帮助他从一片黏稠的生活浆液里探出头，透过气，休养生息了。

好比从前不知不觉投资在一只波澜不兴的油轮设计业股票上，快亏死的时候，股票陡然拉出漂亮长红，让他作为一个专业人士实现了"咸鱼翻身"。施丰能想，自己就是走了这狗屎运，现在翻过来了。

邓小桔迟到了。她没打来电话解释，已经比约定时间晚了二十分钟。

施丰能从不喜欢客户迟到，但邓小桔不是客户。

他怜恤地记得邓小桔今天早上还一脸病态，反而想自己是否叫她为难了。如果邓小桔迟迟不到，他可以打电话问候她，取消这顿饭，也许这么做更合适。他知道自己不是怜香惜玉，这是上天给他的一次机会。十来岁时他做得不像好人，现在他也许可以弥补。

邓小桔迟到了整整四十分钟，并非故意搭架子，因为碰到了刘粤！施丰能一下子像没认出她，她往他面前一站，露出明媚的笑，他才回过神来，分辨了她一下，大声说："哦！看我这眼神，我大概看花眼了。"

他看上去一点没着急也没生气，这让邓小桔放下了心，忽有些隐隐得意。她闻到他身上一股柑橘香水的气味，这早上肯定没的。

面对面坐下，施丰能看清了邓小桔。眼前这女人和早上地铁里的女子应该不是同一个人！难道换了人？施丰能瞬间紧张起来。怎么一回事？

他本来真的不想多往邓小桔脸上看，现在不得不偷眼看了好几回。她没化浓妆，几乎都没怎么化妆，只是气色看上去十分滋润了，皮肤吹弹得破，比早晨遇到的邓小桔年轻了很多，绝不像年过半百。

"你没生病吧？"他切近地问，"上午你看上去很憔悴的。"

邓小桔轻快地翻开餐牌，她感到施丰能偷偷打量她好多次，这令她更神清气爽，不得不快活。

一切顺利，真正的老同学重逢。

不计算人的过错，把久远年代任何不愉快撇到一边。让我们荡起双桨，划进旧日金色池塘。

"还记得你家住海员公寓几零几吗?"她顽皮地笑问，"我前些日子走过那儿，海员公寓还在，外墙重新贴过砖。不过我阿姨生产组那栋楼没了，现在是个停车场。"

"应该是这样的，时间的魔术是这样的。"施丰能想说"油轮每次驶过同一个经纬度船长都认为不是同一个太平洋"，不过他觉得这样人家听不懂，"时间的魔术会把东西位移"。

他接过送上来的开胃酒，放一杯在邓小桔面前："我按照门牌号回去找过海员公寓。那个门牌号你猜现在是什么地方? 一个彩票站!"

两个人对视着笑起来，乐不可支，想想也是，彩票站? 别逗了! 那可是真的!

一瞬间，施丰能看见了时间迷雾里真真的邓小桔，邓小桔看见了傻乎乎的施家儿子。时光轮盘嗤啦一声变给他们一个魔术。

"然后我一个楼房一个楼房看过去,明明这个是海员公寓,名字不叫海员公寓了。叫啥不重要,怎么大门没了?真是别扭,本来朝着马路开的大门消失得无影无踪,现在人都从朝苏州河堤的门厅进出。那地方本来没门呀,本来啥也没有,是道墙壁吧?就像什么人伸手进我脑袋偷偷把记忆拎出来动过手术。你明白?"他说,表情生动。

邓小桔几次三番随着他的倾诉点头微笑,她觉得自己是唯一能证明施丰能这些回忆的人。

"记得那个有钥匙上生产组大楼屋顶的老头?"她歪过头问他。

"瘦瘦的,留着斯大林式胡子的那老家伙?"他马上记起来,"他跟我说他年轻时在东北服役,见过苏联大兵,还吃过老虎肉。"

"那当然有可能是真的。"她点点头,"后来,你大概不知道,他爬上海员公寓顶楼,从楼顶上往苏州河里跳。"

"啊?"他瞪大眼睛,"那怎么可能?隔着河堤呢!"

"是啊,死在河堤上了。胡髭浸在血水里,像一把红色的刷子。"她皱眉,"这人为什么自杀?据说炸生产组的楼没事先公告,他不知道。他把所有养老钱都藏在楼里什么墙缝里,全炸没了!"

他想起老头站在生产组楼顶看他家阳台,她和他就在阳台上，老头呲开干裂的嘴唇笑："这不是小黄带来的闺女吗？怎么上到阳台上了？嫁过去的？"

他和她一起绷着脸，拿吃剩下的苹果核丢那老头。她紧紧闭着嘴，薄薄嘴唇发白。

此刻，他看了半老徐娘的她一眼，她也沉浸在回忆里吧？她笑嘻嘻咬着下嘴唇，看着送上来的头道醋渍小鱼。

"呃，你妈妈怎么样？还好？"施丰能觉得不能不触碰一下人道主义主题，这也是应该尽到的礼数。

笑容像被夏日阳光照到的水渍，倏然干枯。邓小桔好比被他扯了一把，一甩头，烦恼地抬起脸。他后悔自己过于急促地换到这话题上。

"姆妈？"邓小桔迷茫地摇头，"她躺在医院里，我把她交给了护工。"

除非男方有很霸道的目的导向，或处在明显主宰地位，否则和女人的舞局里，他很容易放弃方向选择，被舞伴导引到事先没预测到的位置去。

施丰能一谈起邓小桔的姆妈，一个可怜的晚期癌症患者，西餐厅里属于他俩的画风就全变了。就像你对着窗口不断抛出氢气球不断抓住气球的绳子拉它回来，意外地没拉住绳子那次，氢气球就飘出窗口，脱离了你的控制。无论它在你视线之内流连多久，它已不属于你，慢慢飞到你难以企及的范围去了。

邓小桔刚才已喝了些他推荐的法国红酒，谈起可怜老娘，忍不住又喝了更多。和所有正常人那样，施设计师同她一起复盘了那个癌症案例，像讨论一艘油轮的内部结构般细细论证了所有可能性，然后两位老同学食不知味地推开盘子。

他对她说："躲不开的事呀。人人都要面对的。你自己要保重。"

邓小桔并非故意，她只是一时间难上心头。喝红酒喝得顺口，放下杯子眼眶红了。

"怎么了？"他不由得拍拍她手背。

"没事。就是觉得吃不消了，挡不住了，应付不下去呢！"她摇摇头，看看东边，又看看西边，最后看着自己的盘子。

这种无助施丰能感同身受，一个女子，柔弱着，坐在你面前。从前，你们曾经是很好的朋友，两小无猜。

施丰能谨慎地说："家里人要互相分担一下呢，不能一个人挑。"

邓小桔眼里闪过一丝泪光，西餐厅做背景音乐的爵士舞曲打了个滑，正叫人心悠起。

"只有你一个人管老娘吗?"

于是，他得知了老同学的境况。

他心里一凉，立马觉得自己一脚踩在坑里。

他忍不住先嘲笑自己。太可笑了，老婆刚离开一两天，就碰到了青梅竹马，就一起晚餐，然后人家正落难！而且，无论怎么逻辑推理考证，邓小桔不是主动来招惹他的，一切全是天意。他一个脚印一个脚印踏踏实实自己踩了一整天，踩到这个坑里了。

难道施丰能这么一个体面人，到了现在这时候，能够站起来随便吹个口哨，然后谢谢这女人，说声再见，消失在他自己的夜幕中?

一阵隐藏住的羞耻，又一阵义心侠胆，接着是跳跳跃跃的自我设想。施丰能心里这些激动邓小桔都没感受到。

邓小桔现在的心思全跑到松江医院病房去，姆妈没多少日子了。

夜晚往松江方向的九号线地铁能找到空座。施丰能刚才在西餐厅已把礼物送给了邓小桔，现在又替她提着这套有点分量的瓷器。邓小桔放心不下姆妈，还是想去松江医院看一看，毕竟头一天用护工，她不能够放心。

"今天本来很糟糕，可碰到了你，我过得很开心。"邓小桔侧身看着施丰能眼睛说。

她扯扯自己衣裳，现在要完成的就是得体地同他道别。

仿佛一个头冲下的跳水，刺入年轮的池塘深处，欢笑过了，感慨过了，怀旧结束了。

前面是自己避无可避的坎，要自己咬牙去挨，去熬，去拼。

施丰能虽还坐在身边，同一列地铁却送他去不同方向。她需要拿出最明媚的笑容，送给满有温情的、忽略了裂缝、接续了友谊的这位中年船舶设计师先生。让他带着愉快回去他的家。

施丰能突然不合时宜地开玩笑说："我说，小桔，看来你没变成什么女毛人嘛！"

六

触碰这个敏感点是为什么呢？邓小桔的微笑僵死在脸颊上。今天她回避了一天，即便姆妈一指头触上来，她也勉力装成听不懂。她这样辛苦地回避，是为什么呢？

那时候她毕竟只有八九岁，如果是十八岁，那也不用想了，十八岁的男生和女生间发生那样一件事，没什么神秘。

本来她已吞下了自己酿的苦酒。是她自己十三点呀，好端端同待她蛮不错的施丰能编什么故事呢？什么故事不好编，要作践自己和自己家女人，说全家女人将来会变毛人！

当然，起因是当年报纸上到处报道的那个毛孩，太吓人，看过就不会忘。遗传的，自己完全不能选择，做好事吃素也逃不掉。成了毛孩还有啥救？一辈子被人看成猩猩咯。她为那毛孩感到痛苦，做梦自己雪白手臂上也长棕红色长毛，吓醒了就心不定了。

她问过阿爸自己要成了毛孩怎么办？阿爸抿着老酒哈哈大笑，发烫的手心摸她头发："毛孩？你要是毛孩，阿爸送侬到西郊公园猩猩馆去。来看你的人都要买票，阿爸好买老酒吃！"她哼了一声，又去问姆妈，姆妈瞪大眼睛，也笑了："只脑子天天想啥怪么事？侬要是毛孩，国家来抱得去，发给姆妈一大笔钞票！"

现在自然晓得阿爸姆妈听见小孩稀奇话忍不住好笑，同她讲戏话，那时却不懂，心里冰天雪地。之所以后来和刘粤一起不想要孩子，除其他原因，怕养不好孩子、懂不了孩子也是个起了作用的心病。那时候，她多想听人对她讲："侬是毛孩有啥要紧？欢喜侬的人照样欢喜侬呀！"

记得自己对施家儿子编了这一套，那白生生的家伙当场伸出舌头缩不回去。他倒是相信了，看他说什么？没想到他什么也没说，看上去第二天就把这事忘了。

不过，小姑娘的心是天下最多愁善感的，他照样笑，照样调皮，不过她发现他瞳孔深处干枯了，本来星星点点的晶莹像结了冰，毛茸茸的，没灵气，像不能碰，碰了会落下去，露出细密孔洞。

结局是一场电影，学校组织整个年级去平安电影院看《五朵金花》。邓小桔带着一个小包，包里有一包拷扁橄榄，有五颗亲戚送的日本巧克力。她想借着黑暗凑到施丰能耳边，告诉他那个可怕的故事是瞎编的，然后，然后塞一颗橄榄到他嘴里，不让他发出感慨叫自己难堪……那样，那样不就圆满解决了？

她落座时，自然而然伸手占住了身边空位，同学们都习惯了，那是施丰能的位子。他们两个，要好着呢！

可是，让她有生以来第一次尴尬到哭。施丰能穿一件咖啡色灯芯绒上衣，一条黑白格子长裤，从电影院梯级下面往上走来。他的眼睛没寻找她，一张脸没啥表情，像被人修理过似的。他走上来，离开邓小桔还剩两排，邓小桔几乎就要招呼他了，不过，那天她怎么也发不出声音，喉咙像麻掉了，她眼睁睁看着他左手一转弯，坐到男生堆里去了。

有个男生还推了他一把：“怎么了？你不是爱和女生坐一起吗？”

施丰能恐怖地沉默着，没发出声音。

后来的情节没刻录在记忆里，她只记得这让人悲凉的友谊的终结点。他俩后来还谈过什么没有？他俩还是同桌，难道后来不说话了？

不知道，忘了，一切后来都不在记忆里了。像一刀下去，断裂才是主宰一切的大痕迹。其他没必要记得。

这是邓小桔最最原初的一道伤痕。在这之前，生命光滑柔嫩，没有疤痕。

邓小桔后来上高中读到诗句“最是那一低头的温柔”，猛然从鼻腔深处发出一声极粗鲁的“哼”，吓了周围人一跳。她心里想：“去他妈的什么一低头的温柔，一低头嘛，是为了回避，彼此不要眼睛看眼睛，眼睛是杀人的扳机。”

她忘记了其他，记住了自己如何低下漂亮而温柔的眼睛，不去看走近来的施丰能。一直到他小学转学，两人各奔东西。

难道，今天，四十多年过去后，这也可以被原谅？

多么轻薄呀，多么不成一回事呀，就在九号线地铁车厢里，他怎么能若无其事地调笑这道伤疤？你听，你听：

"看来你没变成什么女毛人嘛!"

邓小桔愤愤地想:"好呀!晓得人都是卑贱的。他想一句话摆平记忆。"

施丰能说过这一句,见邓小桔仿佛正想心事,没听见。他等待了微妙的一瞬间,就放弃了这话题。

车过七宝,他们开始谈论一个安全话题:护工。施丰能母亲已经过世,当过远洋船长的父亲现在住在杭州的养老院里,他的日常全部由护工照顾。

地铁终于抵达了松江新城站。他俩并肩走出车站,夜里等客的出租车排成一条明亮的长龙。轻风拂面,空气叫人精神一振。

道别时刻到了,漫长岁月里,他们在同一个城市却从不相遇。今天是多么特别的一天,缘分盘底已久,猛然迸发,金风玉露一相逢。

邓小桔优雅地抚了抚长发,对看着她不言语的施丰能说:"谢谢你的礼物,谢谢你请我吃晚饭。好了,你该回家了。多多保重!"

她看见这男人眼眶里掉出一滴浑浊的泪水,顺着脸颊急急淌下,路灯光照亮了泪珠的轨迹。

她的心弹跳了一下,难言的苦楚天边乌云般膨胀,她感到自己有犯晕的可能,急忙想稳住自己。她伸手平衡身体，一只手伸过来，握住了她。

施丰能说："你身体不好，这样拼不行的。喏，不要说了，我陪你去第一人民医院。我还有朋友在院里当医生，我可以帮你做掉一点事。"

"不！"她响亮地喊了一声。她立刻感到自己声音过于响亮，像显露了对他的负面情感。

"不能给你添麻烦的。"她赶紧解释，"你有你的家，你有你自己的事。我们只是老同学，这样麻烦你是不合适的。"

她挥挥手，走开几步："施丰能，就这样了，你快回家！我们以后联系，等我忙完这一段！"她朝头一辆出租车走去，拉开车门："师傅，第一人民医院住院部。"

司机翻下计价器，前门打开了，施丰能乐呵呵坐下，对司机说："走吧，走吧，去医院。"

他回过头，习惯了一番车厢里的黑暗，看见了邓小桔凝视他的眸子，他咧嘴一笑："最近我特别空。你别不好意思。我想过了，你这样真的撑不住的。给我一个机会，让我做点事！"

邓小桔没回答，出租车在新城欧式建筑间穿行，简直让人以为到了外国。

站在住院部大堂，施丰能气定神闲，顺手又接过了他送给她的瓷器："我再解释一下，你不要误会。是这样的，正巧我太太刚带着孩子去欧洲，这些日子我都没家务。哈哈，上海男人，没有家务，你懂的。既然如此，我不帮你一把都不像样了，是吧？"

邓小桔看着这男人，他变得和白天的施丰能不太一样。她点点头，迈开腿，带他往姆妈病房去。

"哎，你妈不认识我吧？不用介绍了。"施丰能说，摁了电梯楼层。

他发现邓小桔冷冷看着他，他定睛一看，只听邓小桔说："晚了。我妈早就知道你施丰能了。今天上午她还记得你，说'不就是那个听说你长大会变丑就逃之夭夭的人嘛'！"

"喔哟！"施丰能在没旁人的电梯里摆出一张尴尬脸，捂住了额头。

夜里病房静悄悄，病人都缩在房里，不到走廊上来，家属也习惯陪在床边。走廊里走动的多数是护工，偶尔护士进病房看视病人。

邓小桔请的那个"一看二"的女护工先看见邓小桔，她跑上来压低声音打招呼："怎么来了？我以为你今天不会来了。老太太有点不舒服，我请护士给她打了止痛针，现在睡过去了。"

施丰能跟着邓小桔走进病室。病室里横放三张床，窗户很大，是南墙的一半。三个同患绝症的老太太都已躺下。邓小桔端详她姆妈，施丰能站在床脚也看了看：老太太已隐隐有骷髅相，嘴虚无地张开，好不容易刚睡着。

退出病房，施丰能打听他认识的医生，要了那医生的门诊时间预约表。

他俩在走道正中家属休息厅，找了座位坐下，窗户外的新城有明晃晃灯火，也有可观的黑黢黢树林。风从窗户吹进，秋凉叫邓小桔打了个哆嗦。施丰能开始问邓小桔姆妈的病历，问着问着，设计师的细密性格呈现出来。

邓小桔微笑说："你这么研究病人？我妈又不是一条船，不用一个个船舱检查的了，她生了癌，是绝症。"

"不，"施丰能说，"这方面你听听我意见。国内医院总按范例经验判断个体病情，如果想最好地诊治你妈，我们还得把她当完全的个案，也就是说，先别听任专家医生下判断，要把你妈目前的整个身体状况搞清楚。癌，一样都是癌，但按个人情况治疗会不一样的。"

邓小桔点点头，手指抚摩前额："说得对。但我不懂医学，医生呢，又不会听我的。"

"我明天一早就找熟人，我跟他建议，请他帮你落实。"施丰能说。

　　看看腕表，邓小桔站起身："我要赶地铁回去呢。明天一大早还要过来。"

　　他们相跟着下楼，走到住院部前面小草坪上。秋虫还在唧唧，夜确实凉下来了。施丰能耸耸肩："别怨我多管闲事，你上午还在生病，这样搭着九号线赶来赶去，会出问题的。这样，你别客气，我替你在前头五百米的开元大酒店订个房，你今晚就住下。明天一早我来找你，带你见医院的熟人。"

　　邓小桔没回答，她想赶九号线，但来来回回确实望而生畏。就算如此，住大酒店还是奢侈，更不适合任由施丰能埋单。

　　她说："那好吧，今晚特殊，下不为例。不过，我自己付账。"

　　"我同你说了别客气。"施丰能摆摆手，"我公司和这家酒店有协议价，你拿不到。何必多花那冤枉钱？何况，松江是我地界，算我偶尔招待你一回。这是小事。"

　　两个人就沿着新松江路往大酒店走去，很像一对在九号线车站搭识的男女当晚就去开房。

　　施丰能拿着邓小桔身份证到前台办登记时，她坐在大堂咖啡厅，施丰能已随手叫了咖啡。

　　她啜着热腾腾的咖啡，眼前是准五星级大酒店的安适空间，到处装潢得美轮美奂。有个不知什么地方冒出来的男人在替她办事，出钱招待她，安排她度过一个孤独但舒适的夜晚。

"他会不会找借口进我房间呢?"她顺着惯性琢磨起这种可能性。她不知道是咖啡还是这种可能性让她觉得身体发热。

施丰能潇洒走回来，把房卡放在她咖啡杯边上，端起自己那份咖啡:"房间带两份早餐，我明天就不在家做早饭了，过来蹭一顿。"

他大方自然地笑笑，舒展身体，伸半个懒腰，看看自己的公文包，又看看他送给她的礼物。

邓小桔顺着他眼光看见脚边那套瓷器，她心里叹息一声。是了，也许就因着这瓷器了，他会很自然帮她提上去，提到她门口，然后……

门自然会打开，礼物自然要放进房间，一个中年男子富有经验、百般温存，一个离婚女人承蒙他照顾，又同他是从小有瓜葛的，蓦然重逢，难道板起脸，把人家推出去?

邓小桔觉得自己这年龄、这情形，找一个世故的婆娘来旁观评点，可能要说她今晚走运了呢。

邓小桔忽然感到了暗中升腾的浪漫气氛。她板起脸，隐藏心绪。

施丰能一口一口喝完咖啡，他咂巴一下嘴，抬眼看看邓小桔："你今天累了，早点休息，明天我们再讨论其他。"他站起来，拎着自己公文包。

邓小桔也茫然站立起来，礼物还搁在地毯上。

"我就不送你上去了。"施丰能点头说，"这东西有点重，我买的时候考虑不周，要不我先拿回家，明后天带到市区去？"

"不不，不。"邓小桔绽开笑容，"我能拿，说不定今晚还有时间打开欣赏欣赏。"

"没到艺术品的程度。"施丰能并肩和邓小桔走出咖啡厅，"我看见这些瓷器，想起你小时候送给我的万花筒的那些花样，你还记得？所以就非买下不可了。"

"谢谢你。"邓小桔看着他的眼睛道了谢，转身走进电梯，又一笑，按了楼层。

施丰能风度翩翩缓缓转身，嘴角漾起笑纹。他走到前台，再次重复他的叮嘱："我客人所有的消费都由我支付，请你记清楚，不能收她一分钱！"

前台女生答应着，心里揣摩这一男一女的奇怪关系。她本以为男人会一起上去，半夜出来，或者不出来。可他竟然走了？可惜了，这么贵的房费！

她目送施丰能走出玻璃转门，看他往南边走。

路灯下，秋风吹动他西服下摆，那有点驼的高大背影，好不落寞惆怅。

七

邓小桔推开客房门，没捂嘴就哇了一声："好漂亮！"

她放下东西，跑出房间，特意绕回电梯口，一留神看，果真，是酒店的商务楼层，难怪刚才房卡上瞥见早餐有两个地点可选。

他这么有心！

邓小桔瞬间放下了医院里挨着最后日子的姆妈，她心里暖洋洋的。透过落地窗，她眺望松江新城的商业中心。那里，夜生活正开展，红男绿女在霓虹灯影里漫步，人工小湖映射波光，小孩子有些骑着电马打转，有些在软垫上弹跳……人们正在活着。死亡离姆妈虽近，离大城市的居民们还远。日子普普通通，但普普通通的日子里，人们像知了吮吸树液般从时间里索取快乐……

邓小桔换上浴衣，从小冰箱取出瓶橙汁，喝了几口。发烧的感觉渐渐消失，她舒坦多了，力气慢慢回转身上。

她垂下眼帘看着这奇怪的一天中得到的礼物，想把它打开。

这礼物是不是来自四十多年之前？一道道年轮竟没消灭她最初的情愫。

这是上天的礼物吗？她喜悦地觉着是，却又惊惶，浑身不得劲，好比鱼儿看着水中扭动的肥虫，怕虫里藏着利钩。

想那么复杂干吗？打开看看好了。

她打开了礼物，里面是整整齐齐一套描花骨瓷茶具。杯盘碟盖，蓝花镶紫瓣，纤细的黄色花芯，欧式画派，是虞美人还是幽谷百合？

她把茶具配成套，放在茶几上，托腮细细看。她看见自己和施家这个白生生的儿子站在阳台上，轮流把万花筒放一只眼前，闭起另一只，转动纸筒，叹息颜色万千变幻……她记起了天边晚云，如茶具上的花朵镶着亮色的边……那时辰，那种风光，那两小无猜的日子早过去了，只在记忆的深井里留个波影，无从打捞。

不，记忆是可以打捞的！譬如她和施丰能一起，彼此合作，彼此珍惜，就打捞得起来，且宛如昨日。

施丰能可不像邓小桔想那么多那么细，他一路快走，在秋风里走得汗水直流，回到了自己的复式公寓。他楼上楼下走，翻找一些医学资料，洗澡，自己做咖啡，坐下来，打开电视看新闻，扭开台灯和太太在微信里聊必须处理的事，又看医学资料，上网查证，记录网上的病友经验，察看公司邮件，回复，吩咐下属，请第二天上午事假，最后看了看儿子学校的一份账单……

他躺在床上，秋夜有月色，月光透过窗帘落在床前。

往昔是一种什么物质？为什么早已过去的东西能触动人的柔肠？

他回想今天看见的中年妇女邓小桔，她和记忆中的小女孩邓小桔难道真是同一个人吗？

"你想，"他对自己说，"就好比你看股市行情，你判断得清清楚楚。上升有量，下跌无量，健康走势，不急着兑现离场，后头还会有新高。第二天上升下跌都没量。第三天下跌了，量更小。你会很放心呀，机会都是等来的，看谁笑在最后。第四天这股票放量下跌，原来的浮赢擦光，还套住了。经过慎重考虑，股票质地是好的，是绩优股，你决定熬一阵，风雨之后见彩虹。你熬了很久，股票年报出乎意料地亏损，种种客观原因。你已损失了很多，难以断臂了结，决定相信未来。然后，两三年后，这股票市价竟连续低于面值，被退市了。你的投资蒸发殆尽……"

"一个聪明人，能相信自己的判断吗？"施丰能在黑夜中摇头，"跟着感觉走，掉在坑里头，跟着理智走，理智无厘头。人，其实什么也不能信。"

他自言自语："尽我力帮她吧，也尽力保持距离。再一次重申，我只想远程治疗四十年前的那个伤口。"

四十年前的伤口属于她，也同样属于他。他睡着了，发出均匀和安心的鼾声。

早上七点半，施丰能就赶到了宾馆。

他俩今天都很中看，男的气定神闲风度翩翩，女的气色转佳精心修饰过。他换了体面的外套，皮鞋擦得锃亮。

秋色颇好，人仿佛沾到桂花的冷香。

一起吃早餐，邓小桔喝着红茶，忽然笑："你们公司和这宾馆有协议价，那你的同事有时会住这宾馆吧？如果这会儿看见我俩，他们要误会了。"

施丰能说："是呀，这个时代是图像时代，拍个照，人人看得出特别的意思，还满世界传来传去。"

他俩相视而笑，互相没看出什么忌讳焦虑。

邓小桔说："我无所谓，只怕添你麻烦。"

"让老天决定吧，很多事，人自身没必要担忧，担忧也解决不好。"施丰能回答。

邓小桔点头，脉脉看他一看："你这话说得！好成熟!"

专家门诊这时候人挤人，施丰能决定晚点去打扰熟人。他俩先到了邓小桔姆妈的楼层。邓小桔姆妈已会过了查房医生，护工帮衬着吃过了早饭，正恹恹地倚在摇高的床背上。

施丰能寒暄叫了声"伯母"，邓小桔看见姆妈盯着施丰能看了几秒钟，把眼睛转开了。

下楼时，邓小桔晚出病房一步，她告诉姆妈施丰能来帮她找医生，姆妈说："跟人打交道，从小看到大，人有秉性的。侬不要太烦劳人家，欠人情是债，为生癌的人欠人情一点没意思。"

邓小桔听得窝火，发作不得，说："你那几句老一套，我听得耳朵起老茧。"

她走出病室，跟在施丰能身后。从背后看，施丰能高大厚实稳重，给人很好印象，特别靠谱的感觉。姆妈简直太岂有此理了，从不从女儿的角度想。她竟然至今还对前女婿那浑蛋挺欣赏呢!

医生看见施丰能，热情地站起来招呼。他看了那些病理报告，摇摇头："好的一面也是坏的一面。依我看，会挺快的。快了，痛苦就短。"

医生介绍了一种进口药，可以显著减轻病患的痛苦，不过这药松江没有，也不能医保支付，得去市区的医院总部自己掏钱买，价格令人咂舌。

两个老同学无心无绪直接从医院往九号线地铁站来，今天施丰能没提公文包，只帮邓小桔提着那套骨瓷茶具。

"你得想开。"施丰能觉得邓小桔浑身抽紧了，紧得她话也说不出，"这是天意呀，没办法想的。"

"嗯，我能想通，"邓小桔长长吐出一口气，"谢谢你的医生朋友，姆妈有了这药，少受点苦，我心里也安了。"

施丰能等来九号线地铁，本想抢个座位让邓小桔坐，可惜他不是有爆发力的人，抢不过年轻人。邓小桔朝他摆摆手，施丰能低声说："你站这一头，我站得离你稍远些，这两排，只要头尾中间有人站起来，我们就去坐下。"

两个人隔开两三米各自靠在一根杆子上，你看我，我看你，眼角瞄着座位上有没有人站起，慢慢地，彼此都好笑起来。施丰能手里提着瓷器，也不觉得重。

他恍惚间眼神越过了邓小桔，看见自己的太太站在另一节地铁车厢里。太太无声地瞪着他看，眼睛水汪汪。她历来是个不张扬的女人，长得不难看也不出挑，从来不和自己丈夫争短长。

施丰能想太太应该在欧洲，急切间也到不了面前。自己还没丢失什么分寸，尚无可指摘处。不过他承认这两天的事类似艳遇，身体肯定没出轨，心应该也还好，只算有点悸动。邓小桔是上帝四十多年前埋下的一粒种子，他渐渐不晓得拿她如何是好。

停了一站，无人下车，从邓小桔身后上来一个瘦小女人，穿着不伦不类的旧腈纶运动服，邓小桔正看施丰能，施丰能忽然看见那女人四处张望，脸部肌肉斜向右边，她的细小的五官忽然间地震般乱抖，怪异得像发癫痫。

一个人的五官怎么做到同时乱抖的？施丰能好奇得很，却发现这女人已从邓小桔衣兜里轻轻掏出手机来。

像条鱼那样一溜，女小偷溜到了施丰能身边，向这一头尚未关闭的车厢门冲去……

电光石火之间，施丰能空着的手伸出去一扯，扯住了女小偷的运动服，小偷正巧卡在关闭的车门之间。女小偷奋力一挣，挣脱了施丰能，往外一蹿，车门反弹打开，施丰能跟着冲了出去。

邓小桔不晓得发生了什么事，车门关上，地铁驶出了车站。她摸手机想打电话，手机没了，恍然大悟。

女小偷身手像泥鳅般活络，眼看要溜走。施丰能想这手机不能丢，邓小桔正在落难，丢了手机岂不是雪上加霜？他大喝一声"抓小偷啊"，一纵身扑过去，他身材高大，又不好意思压到女小偷身上，伸出长臂猛一推，女小偷一个狗啃屎，翻倒在地。

众人惊呼，施丰能不管不顾，先把地上邓小桔的手机抓到手里；女小偷一个鲤鱼打挺，头冲到施丰能胸口："手机是你的吗？是你的吗？"

"手机是你偷一个女乘客的。"施丰能压抑自己的恶心，冷冷地说。

一个头发乱糟糟的大汉冲过来，一把抱住施丰能，女小偷抓住施丰能的手，用力抢那手机，在他手背上狠狠咬了一口。施丰能坚持着不肯放弃，大汉卡他脖子越来越重。

正扭成一团，对面来车跳下邓小桔。邓小桔二话不说，冲上去揪住女小偷就是两耳光。施丰能对围观人群喊道："受害人来了！手机就是她的。"

男女小偷分头奔逃，像鸟，瞬间没了踪影。

邓小桔接过自己手机，拉着施丰能紧张兮兮："你受伤了！"

他手背上一排细密牙印，血淌了下来。

邓小桔拉着施丰能从马当路九号线站出来，说："我家就在前头，上去处理一下伤口。"

她家在一栋很现代的高级公寓里，六楼。

踏进门，施丰能放下瓷器，看见很明朗的客厅。客厅靠窗的部分隔开成画室，有画到一半的国画，在画架上。

邓小桔拿出医药箱，纯水机放水，冲洗他的伤手，涂上碘酒，包了纱布。

施丰能踱到窗前看那国画，画的是鳞次栉比的江南楼舍，烟雨蒙蒙，石子路上有穿着旗袍的女人打油布伞走路。远处自然有汩汩小河。

"你画的？专业水准哦。"施丰能说。

"吃这碗饭嘛。"邓小桔说，"我在画院工作。"

女画家的房间显出精心维护的洁净和某种与落寞接近的品位，墙上的画作也都是孤孤清清那番调子。施丰能抱着胳膊看画，邓小桔坐下，在茶几上泡茶。

八

邓小桔的"大红袍"很不错，两个人都又渴又不安，喝了好茶，慢慢感到舒服，一种就此不想动弹的安适。

四十年的时间叫她成了个挺不错的画家，他想，岁月真是从容不迫，把每个人塑造成各种早就决定好的形状，任谁也没能耐说"不"。

"谈谈你的四十年可不可以？"他微笑着看泡茶的她，"想必总有些朗朗上口的故事吧？"

"我的四十年?"邓小桔显得困惑多于感怀,"发育、读书、画画、嫁人、离婚,没孩子。就这些。"

"把我当外人了吧?"施丰能摇摇头,"四十年嘛,无从说起是真,没东西可谈,那不可能。"

他四处看看,笑道:"你家里没K歌设备。想起我的四十年,我就想拿话筒唱。好歹也过了这么久啊!"

邓小桔站起来,从书橱拿出一本极厚极厚的画册,放在他面前:"我画了四十年,你要看,都在这里头。"

施丰能事后非常后悔随意打开这本画册,他觉得自己天真了,画家的画册,好比一般人的日记,比日记更赤裸裸。你去翻开女画家的画册,后果自负。

他翻了两翻就愣在那里,嘴惊讶地张成一个小小圆洞:这是她很久之前画的一幅油画。

画上有个旧五斗橱,五斗橱的一个抽屉拉开着,里面是海沙、船模和珊瑚块。五斗橱上,放着万花筒。小男孩扑倒在旧地板上,小女孩跪着,拿听诊器听他脖子……

后面还有她的自画像,各种表情,有几幅没穿衣服,是裸体。

他啪地合上画册,跳起身转了个圈。

"找洗手间?"她戏谑地问。

他坐下,重新打开画册,这次他发现她前前后后画了不少婚礼和葬礼。这些人物众多的画很有特色：每个婚礼的男女主角都不般配，不是透着滑稽就是显得伤悲；而葬礼则喜气洋洋，死人一脸快活，活人如释重负。

"你的四十年里，最让你负疚的那件事是什么？"邓小桔问。

他愣在那里。

"很私密，不能说，是吗？"她极温柔地问。

施丰能张口结舌，说："我一下子想不起来。"

"然后，想起来也没法告诉你，只能说相比这件事，我对你的负疚就微不足道了。"他微微一笑，归于严肃。

"是吗？你对我也有过负疚？"她喃喃自语，拿起了小茶杯。

"那么，说点快活事情吧，四十年里，你有过多少快乐的事？"她歪头看着他。

"快活？各种各样的快活。你要知道哪样呀？说一样变态的给你听，要不要？"施丰能跷起二郎腿，接着翻画册。

"最好，就说变态的吧。"邓小桔往后一仰，头靠在沙发上，看着他。

"别恶心哦，"施丰能说，"那时应该还在学校读书吧，家里米袋子老生虫。告诉你米袋子里一般有哪些虫：首先是软体的米虫，那是小蛾子的幼虫；还有一种比芝麻粒大点的甲虫，有个长鼻子，叫米象，这个你可能见过。这些全不稀奇，我那年看见有袋米里孵出一种腿特粗的黑甲虫，米粒那般大，全身黑硬壳子，带灰条纹，像豆。我就发明了一件令我快乐的事：我先倒一杯水，把粗腿甲虫扔进去，看它会不会蛙泳。喔哟，你没看到这虫子到了水里，还挺悠然的，像现在那些贪污犯到海南岛洗海澡了……"

邓小桔托着腮，眼珠子亮晶晶，笑了。

"当然，看虫子下水只是好奇，不是快乐。我越看越气，这虫子太壮太硬，水治不了它，捞起来一松手它还跑回米里。我就想了高招，我渐渐往水杯里兑开水，等水接近八十度左右那是最完美的。粗腿虫子一扔下去，它壳子粗嘛，一下子感受不到全部热量，还摆着臭架子慢慢划水。猛然它就一烫，哎呀呀烫啊烫啊，呵呵，你没福气看见它们表演武术呢，那个热闹，拳打脚踢。这虫猛，大概会在烫水里发疯一分钟才摊开脚随波逐流。所以啊，我看得喜不自胜，尤其是拿来一大碗烫水，一把扔十五六只虫子进去，喔哟，不能说，不能说，比街上大妈们跳《小苹果》还好看！"

"你真是！"邓小桔笑着摇头，"你说这种给我听，很容易。其他你就不肯坦诚了。"

"你还想知道什么呢?"施丰能问。

"你太太是什么样子?有照片吗?我很好奇能长相厮守的夫妻。"邓小桔两只手放在膝盖上,文雅地歪头问,还带着一丝笑意。

"问这干吗,我看不出有满足你好奇心的必要。"施丰能低头翻她的画册。

有张画跃入他眼帘,这是仿萨尔瓦多·达利的超现实主义,画面上女子的头发根根绽开,每根头发上都有一个小男人抱着头发的曲线在努力做爱。女人穿着保守的古典中式服装,一张脸空无表情,甚至鼻子都是透明的,露出鼻孔和鼻梁的生物学结构。

他凝视着这幅画,感到有种深藏在情绪底部的大东西在浮出,就像俯瞰动物园北极熊的池子,白中带黄的熊皮慢慢从浑浊池水里浮上来。

"正如你无法对我解析这幅画,你也不至于要求我有能力解析自己的生活。"施丰能看着邓小桔说,"生活就是存在主义的,不是我们制造的。"

他无意中又翻到她的裸体自画像,他急忙想翻过去。

"好看吗?"邓小桔问道。

施丰能没回答,他缓缓抬起头来。

邓小桔站起来，一旋身："我去弄点吃的，吃完了我去医院，你还要上班吧？"

"嗯。"施丰能答应着。

到了办公室无心办公，这对施设计师而言是破天荒第一次。

邓小桔为啥要问他那个问题？难道女人真是直觉的主人？

假使邓小桔不用那种洋气的腔调问他，也许他也可以同她聊聊自己局部的婚姻生活。但邓小桔太明显不是问他"过得好不好"，而是好奇他"幸福不幸福"。

呵，她有什么资格问他这些呢？

不过，这证实邓小桔童年时必定喜欢过他。

按时间的长远步骤，若没发生那愚蠢的毛孩事件，他也许会成为邓小桔的第一个男友，同她发生亲昵的行为？

说起男人和女人的亲昵，这方面他在犹疑。大概二十年前，他还笃信爱情，这二十年来，对年轻人观察、了解、琢磨，他认定他这代人界定为爱情的那番情愫已灭绝了。

新人类已完成了情感清洗，把脆弱和伤人的陈旧爱情扫荡一空。他们的爱情已成为男女无差别游戏。

玛丽覃在他视野里走来走去，今天她打扮得特别撩人，身上曲线全被服装强调到九分，还有一分在她的体态里出没。她就是个在办公室浪费色相的妙人。

才想了想玛丽覃这样的女孩子，太太电话就打进来了，他接了。

老婆带着儿子在法兰克福附近的米尔滕贝格小镇旅游，打电话不但是报平安，对家里还不放心。她唠唠叨叨提了不少琐事，都要施丰能去办。平时施丰能常不耐烦这些，今天样样答应，还认真在便签上做了记录。他关照太太不要舍不得花钱，偶尔出门，玩个尽兴。

挂了电话，他想起四四方方小院子里的花草几天没浇水了，家里用过的杯子碗碟也没洗过，客厅里到处摊着碟片……

家庭生活到底是怎么一回事呢？

你和一个或几个人分享了自己的隐私，分享了自己的巢穴，不再有完全自由自在的权利。别人也在照顾你，同时把他或他们自己毫不掩饰地袒露给你，让你很快就忘记他或者他们曾魅惑你的美。你终于看清人全是肉做的，个个会流口水淌鼻涕飙泪尿失禁便秘长痔疮，身上藏不住各种丑陋和顽劣，不久他或他们也在情绪失控时恶狠狠指出你身上同样的斑点和疤痕，这些东西日复一日折磨着你的家庭成员，大家忍不住全要发疯……

现在老婆和孩子正巧远在天边，还会在外头消磨些日子，施丰能收回了自己的巢穴，像一只终于独居的水獭。他可以买回一大堆垃圾食品，直接忽略老婆天天严防死守的反式脂肪酸和果糖，也不需要计较地沟油。假设往后像老婆扬言的那样，她要长期陪儿子在德国，他一个人能把日子过出滋味来？

施丰能发呆想这些，没注意有人在他办公室门口探脸。

"老板，跟你说几句话行不？"玛丽覃笑容可掬。

"进来，坐。"施丰能伸右手在脸上抹了抹，"有事？"

玛丽覃的衣服轻托起她的丰乳，拢不住她具有反重力特征的翘屁股，她身上不全是香水味，还有一种微微辛辣的骚女人气味。她顺手拢了拢直裙，姿势有些暧昧，坐到施丰能眼前。

"老板，我有点小想法跟你汇报。你看我在公司时间也不短了，现在就面临两难。要是待下去吧，我的位置和收入比不上我那些闺蜜呀，你知道她们能力可不如我，只是运气好，找到高薪高职的公司。我目前特想有机会升职加薪，你看有希望吗？实在不行，我也只好到人才市场看看去呢。你知道，我是很开心跟着你设计船舶的，虽然只是当助手。"

她说完了，聪明地带着亲切笑容看施丰能。施丰能自己从没这么对上司赤裸裸提过要求，他有点为玛丽覃感到不得体，但也有些佩服她。毕竟是两代人，年轻人越来越简明，也是好事。

玛丽覃看他犹豫，忽然若有所思慢慢绽开一个挺腻歪的笑："老板，听说你太太和孩子出国游学了，你一个人好自由喏！真让人羡慕。要是有机会，带我这样的素人出去见见世面哦？"

施丰能心里啧啧称奇，问道："什么是素人？"

玛丽覃捂嘴一笑，吐吐舌头："素人嘛，就是我这样子的没见过世面的，像你太太，就是熟妇。哈哈。"

不等施丰能再说什么，玛丽覃像条小蟒蛇那样华丽地慢慢竖立起来，身材真是与众不同啊，曲线连女人都要受引诱。玛丽覃轻移莲步往外走，到了门口，像美国电影女主角那样，长臂搭着门框，屁股蚂蚁般翘着不动，上身慢慢转回来，露出高挺胸脯线条，对他飞了一眼，原来她还穿着红色高跟鞋哪！

施丰能认为自己不吃她那一套，但小心脏扑扑跳，血脉激荡。

现在的女孩如此直接？要是自己帮她一把，她真会爬到床上来？

有可能，施丰能意识到这是质地粗糙的真实，是当今生活的质感。你喜欢或不喜欢，你要交易或者不要，这就跟麦当劳或肯德基一般，快速、简洁、合算，两不相欠。

他忽然把邓小桔和玛丽覃对比了一下。只能这么说：邓小桔是和他同时代同款的人类。在同款人类里，邓小桔也是拔尖的，她有灵气，非等闲女人。

你看看她画的那些画！

九

邓小桔姆妈用了进口药减轻了疼痛，暂时处于脆弱的稳定状态。医生赞同病人的提议，说邓小桔可以暂时休息几天。

邓小桔回到家，整整两天足不出户，在床上躺着蓄力。

第三天醒来，神清气爽，身体明显缓过来了。

她想起了施丰能。那天电话联系，施丰能听说医生让她好好休息，便说："你好好歇歇，有事随时打我电话。我嘛，就不来打搅你。"

看来此人言而有信，继续表现出靠谱的品质。姆妈说人啊从小看到老，也许说得对，记得小时候施家这小男孩做事就蛮有决断的；当然，一旦感到恐惧，他拔腿就跑，也很果断。

邓小桔这半辈子过下来，虽也同意姆妈很多老话，不过更重视自己的经验和教训。她不认为自己有资格鄙视施丰能，她那时不该去试探他的人性，谁也不该试探一个小男孩的人性。

当了画家之后，她画了很多人，她知道最成功的那些作品都画出了人心里的无奈。

人性是低劣的，只适合去原谅去怜悯，不可苛求指责。

她拿起手机，打给了施丰能。施丰能正在九号线上赶往公司，听上去他乐呵呵，心情轻松，没啥压力。

"你若有空，这天气秋高气爽，我到了办公室，处理下公事也就能出来。我可以同你到处走走，大家散散心。"施丰能如此回应养足了精神的邓小桔。

"也不能走远吧？"他体贴地说，"最好就是九号线附近地方走走，有事的话，就下地铁线。"

邓小桔兴致上来："今天工作日，城隍庙想来人少，要不我们去逛逛九曲桥和豫园？"

"哦，这个好的，"施丰能响应，"不知道有多少年没去了。记得小时候，你阿姨带你和我去过，我没记错吧?"

当年阿姨只带着这两个小孩出去玩过一回，先到城隍庙，后来一直跑到外滩。看了黄浦江之后，女孩和男孩还意犹未尽，阿姨走不动了，在九江路找面店吃了面，后来坐27路公交车回家的。

邓小桔还记得过程，只不记得在城隍庙那儿自己到底看了啥做了啥，记忆像被虫子蛀过的书签，布满空洞。阿姨不在了，现在要问，只有问问这个施丰能。

约好在地铁十号线豫园站出口等，她放下了电话。

"看，梨膏糖和五香豆!"邓小桔兴奋地喊了一声。

两个老同学走进城隍庙景区五香豆商店，找了半天，没什么五香豆卖。

"五香豆已经没人吃了!"卖货老阿姨说，"梨膏糖倒还有，就嫌太甜!"

施丰能还是要了五种经典梨膏糖，他和邓小桔满口甜腻走在林林总总的商铺间，觉得那股糖味和记忆中的全然不同。不过，终于有样不可能变化的老古董出现在眼前：九曲桥上照旧挤满了人，露出叫人舒心的清淡石色。池塘里五彩游鱼争相呷巴游客扔下的面包屑，湖心亭老茶馆挑出一面红黄店旗，像旧梦，依然吉祥如意。

"我想起来了，"邓小桔如释重负，"我以为我老年痴呆提早发作，老也想不起往事，可现在我想起来了。"

"我也想起来了。"施丰能微笑说。

他俩想起一张老照片，黑白的，但照片里的人物现在以彩色和鲜润的模样苏醒到记忆中。

那是邓小桔的阿姨给他俩拍的一张照。

邓小桔说："我记得我爬上很陡的木梯子，楼上房间很多木格子窗户，然后听见阿姨和你在楼下喊我，我站到了窗口。"她说着，眼睛眯起来。

"是啊，我们大声喊，"施丰能说，"你阿姨还跳呢，差点把黑框眼镜掉到池塘里去。你出来了，就站在窗口。太阳照在你身上。"

阿姨让施丰能站到九曲桥石栏杆边，侧脸望向茶馆楼上，阳光照亮了他鼻梁，远景里是茶馆楼上的邓小桔，一个扎着两条小辫，穿着白色连衫裙的小女生。小男孩神情忧郁，小姑娘笑得灿烂……

这张照片后来邓小桔带给施丰能看过。邓小桔使劲回想说："我没留照片，照片在阿姨手里。"

阿姨很久之前就因为心脏病去世了。她的遗物早消散在时光之中。

他俩沉默了，一起走上九曲桥，朝着湖心亭茶室走。

上得楼来，楼上客人不少，但还有空位。靠窗看风景的位子都有人占了，服务生把他俩带到中间圆桌边。施丰能一眼看见靠楼梯一侧留给评弹演员坐的高背椅，急忙问："评弹有吗？"

"先生莫急，大概再过一刻钟开演。"服务生说，"喝什么茶水？"

"记得你姆妈喜欢听听评弹的。"邓小桔说，"她开着老式收音机，评弹慢慢播放。她削苹果给我们吃，红苹果皮从她水果刀上吊下来，在白盘子里一圈绕一圈，从不曾断开的。"

送上来的龙井倒还不错，在高高玻璃杯里碧绿生青上下滚腾，喝一口，随你怎样紧张的人，都会慢慢松弛下来。

人松下来，就好听听评弹了。

上楼来表演的并非什么老先生老太太，竟是二十多岁一男一女两个年轻人。男生提着小三弦，女生托一把琵琶。施丰能看那小小一对妙人儿，男的丰庄富态，女的凝重内敛。他悄悄对邓小桔说："这两个，有点气派。"

游客来自五大洲四大洋，没人懂什么评弹，只是举起手机拍演员的长衫和旗袍。施丰能觉得这样子没人会好好表演，对牛弹琴有啥意思？他特意站起来，走过去打招呼。

"两位好，今天表演哪个曲目？"

小演员猝不及防，倒过来问施丰能："先生喜欢什么？你尽管点。"

穿蓝底白花旗袍的女演员笑道："阿叔倒是欢喜听啥？说来。我会的话就给您演。"

施丰能受宠若惊，却一下子想不起来。他努力愣怔了一会儿，笑了："记得我妈常听《杨乃武与小白菜》？"

"晓得了，您请坐。"两个小演员喜上眉梢。

吴语哝哝，咚地隆地咚，一曲评弹绕耳。

施丰能喝着龙井，耳听评弹，想起自己那当了一辈子远洋轮船长的阿爸。要是阿爸在养老院能听一场评弹，岂不是好？

他转脸看邓小桔，她陷在沉思里。

穿旗袍的女演员说好听的苏州话，她说为大家再演出一段《啼笑因缘》……

出了茶楼，施丰能忽然觉得一切不一样了，他感到自己两条腿变长，更深地站进久远的往日里，像荷花下的藕，落定淤泥中。

邓小桔擦去莫名其妙流的泪水，踮脚眺望豫园那边的葱郁。

施丰能说:"去吃点东西吧,你喜欢小笼还是生煎?"

没想到从城隍庙地段走出来,两个老朋友还意犹未尽。

施丰能讲:"好是好,九曲桥也还是九曲桥,终归商业区,味道同从前不一样。我还是觉得没体会到小时候的光景。"他耸耸肩。

"大多数老弄堂都拆了,就是留着的,也翻新改建过,过去的味道的确难找。不过,如果你感到遗憾,我记得我写生时去过小南门一带,那里还是挺自然的旧区。你想去,我带你去?"邓小桔问。

自然,九号线通往一切有意思的地方。

他俩走出九号线小南门站,王家码头路穿过横道线,右转进入巡道街。没走几步,正看到一栋有老虎窗的老式楼房门口上演告别大戏:有辆普通轿车泊在窄小马路边,隔着马路,对面狭窄人行道上放两张圆玻璃桌子,撑起遮阳伞,有个胖女人和一个瘦男人拿着茶壶坐在桌边。有一个男人扶着个七老八十的老阿爷出楼,两人手里都拖着拉杆箱。老阿爷对着街坊大挥手:"大家再会再会,下辈子再见啦!"

施丰能和邓小桔立定了看。

也许这老头要去养老院，也许搬去和儿子住，反正，他赖着不进轿车，眼泪汪汪，一个劲儿喊再会。街坊面上都有些尴尬，对面喝茶的夫妻挥手说："你倒是坐到轿车里再喊再会呀。"

这小街就是原来的规模，几步路就穿越小路。路边的房子都很局促，沿着路边就是有人住的房间的窗户。施丰能走到药局弄，指着路肩说："邓小桔，记不记得我们小时候男生都打弹子，五颜六色玻璃弹子，就在这路肩上一磕，开始瞄准。"

邓小桔笑道："我知道你来了就会回忆的。我们过去住的地方比这里高级些，但男孩子玩的游戏全城统一的。还打刮片呢！"

"岂止岂止！我们还玩抽贱骨头、拍香烟牌子、飞电影票和斗田鸡什么的。"施丰能说，"女生玩的东西单调些，什么跳房子啦，跳橡皮筋啦，还有踢毽子。"

又逛了几家小烟纸店，沿着梅家弄穿到复兴东路上，两人登上人行天桥，回望这片保留下来的旧弄堂，时间的飞云在眼前乱渡。

"像是直接从小时候出来，回到今天。"施丰能感慨。

"像我们从小分手，各自去旅游，马可波罗式的旅游，看尽天下风景，现在回到了出发点。是吗？"邓小桔看看他。

施丰能觉得邓小桔形容得好，他听了感到悲伤，也感到奇妙，他觉得邓小桔像一个历经幻景的女子。

不知道怎么一来，邓小桔伸出手，施丰能握住伸来的手，他们心无芥蒂手挽着手走过了人行天桥，朝四牌楼路走进去。四牌楼路可是老街，前头又是城隍庙了。

一个设计师爷叔和一个中年女画家，不是夫妻，却手挽手走在四牌楼路上，一副安安适适模样。

十

施丰能在四十多年里问过自己很多次，他自然一片模糊，不晓得自己当年为什么把邓小桔的"秘密"那么当回事，以至于想要躲开她。

他记得清清楚楚，邓小桔带着一种颤抖的恐惧，告诉他她将来会变成丑八怪。她说这是命定的，家里有遗传史。

没重逢邓小桔，施丰能对这件往事的思考就是纯哲学或纯人文的，他不慌不忙地琢磨这件难解的往事。

虽然怀着一种羞耻，对邓小桔抱有某种歉意，但事情早已过去，在生活里，"事如春梦了无痕"，没人会因此否定他攻击他，他可以以此悄然自责，或能让自己变更好，但无须因此丢脸。

施丰能曾认为那件事反映了自己的虚荣。

不过，他也觉察到这个解释不全面。虚荣的话，等邓小桔变丑再逃开也来得及。为什么她那时一点不丑，还非常美，他就赶不及地回避了她呢？这里头到底有什么自己也不懂的隐情？

这一点，施丰能长期参不透，想想也就搁下了，没这闲工夫胡思乱想。

也就是最近这些年，施丰能儿子长大了，夫妻俩发现儿子若一离巢，他俩很难回到原先彼此知冷知暖的状态。双方都互相尊重没有外遇，但就是方方面面再也说不到一块儿去了。即便饮食，这些年没在意，竟然也吃不到一起了。施丰能吃得荤吃得杂，施太太吃得素吃得淡，还总在不多几种食料当中选。她也不把吃当成大事，想起来怎么健康就怎么吃。施丰能屡有埋怨。

如果深究的话，夫妻俩是可以离婚的，因为性生活也已停止很久。但施丰能没主观能动性，太太也没这心思，日子就按惯性过下来。难道上一辈人不也是如此过了一辈子的吗？

但施丰能因此对自己有了新思考新发现。他偶尔想起邓小桔，对陈年旧事有了一种尝试性的诠释：和邓小桔疏远是因为自己天性里的完美主义倾向，也就是天生不想要不能算作最好最理想的东西。

他判定自己天性里自爱过多，不是贵人命，却有不怕天高的自我期许。得不到最好的便心生不满。为显示自己配得上，放弃不要总可以的吧？

不是接近完美的，一律不要。通过自己强调品位和挑剔，显出有过人眼光。以这种方式追求完美，接近到自己可以原谅自己的地步。

当然，所谓"完美"的标准完完全全由他自己采纳。一个男孩发育成男人，体能上长大，然后心智跟上，这过程犹如肥壮的天牛幼虫在枇杷树干里当钻心虫，不断膨大变态，能把一棵树蛀空蛀死，人也会祸害四周的。如果"完美"的标准不在自己手里，例如遵循《圣经》吧，那人可能很苦，却可以成圣，而这绝非施丰能的期望。

男女之间，施丰能从少年到青少年，又到成人，嬗变成中年人，一路走来，他追求"完美"是不变的，但体现他"完美"标准的女角却千差万别。有的极其清纯，仿佛无法踏足之池塘里的莲花；有的却肉感亲善，如饥肠辘辘者遇见的热狗；也有的纯粹是气质神秘，令无聊的灵魂产生刺激……施丰能的成长岁月最大的缺陷也是最大的获得：他没受到父亲的管束，母亲对他放任宠溺，父母都尽力供给他足够金钱作为父母之爱的替代。

施丰能自认天性算好，他行为举止遵守法律，并不因种种规矩感到拘束。他历来也表现出重感情的特征，他的男性老友们只会因为渐渐疏远而同他减少来往，从没因激烈冲突而断交，他持奉"义气"，不肯做坑朋友的事。

对女人，他起初坚信爱情，向他憧憬的女性展示柏拉图式的倾慕，那种爱情简直人畜无害。

等他发现洁癖式的追求只会带给自己少年维特的烦恼，他陷入过无尽的青春期惆怅和迷惘。好在荷尔蒙指标的提升帮助了他，他在大学里终于意识到肉欲是突破爱情瓶颈的核动力。

他追随周围男女共同的趋向获得了人生最初的能量释放，而后有一个短暂阶段能量飙升到峰值，令他从此无法回眸这段叫人尴尬的罗曼史。打个比方，他尝试了酒吧里尽可能多的鸡尾酒，才摆脱酒精的诱惑。

欢乐遗留的惆怅和痛苦刻下的疤痕渐渐叫长大成人的施丰能变成一个平衡的男人。那一个阶段，他回想起邓小桔时已心平气和。邓小桔肯定算不上他最愧疚的对象，她只象征着疯狂人生的第一个三岔口，他只是选择了一个方向走下去而已。如果说他没顾及邓小桔的感受，他之后更有其甚，他甚至能不顾及某个女人同他匆促暗结的小生命，不顾及另一些女人对爱情发生的初次绝望……没变的，是他一旦恐惧未来就逃离的决心和速度，邓小桔不过是第一个见证他秉性的女人而已。

施丰能原谅自己的理由在旁人看来也许厚颜无耻，对他自己却是铁的纪律。

"这样下去就不完美了。"

他如果接受上帝审判，一定会把这人生信条当呈堂证供。

仿佛得到"完美"是他的天赋人权，而因他的"完美"而沦陷的人都是可以自行重适人生的俗物，哪怕一开始的时候他当她们是与众不同的仙子。

当然，施丰能原谅自己的时候还有其他的哀怨：总有比他更热爱"完美"的女人在他下手之先弃他如敝屣。他认为他破碎数次的小心脏已为他对别人的残忍付出了代价。

他和他妻子都只有唯一一次婚姻，彼此都在对的时候遇到了对的人，于是，都市人相安无事的婚姻再添新章。

施丰能感到自许的是他婚后过得很检点，他的行动忠诚了他的配偶和他拥护的婚姻道德，这保护彼此，也让他不用去思考自己的稳定到底是源自忠诚还是出于疲惫。

施丰能送邓小桔回家，一直送她进家门，喝了她一杯咖啡。离开的时候，邓小桔像一个女艺术家那样从容地拥抱住他，在他脸颊上亲了一吻。他没回应，随即没有表示地离开了。

坐在回家的九号线上，他不停用手绢擦拭自己的脸颊，他感到害怕，他还从没有过把他推开的东西再捡回来的经验。他明白，太太送孩子去德国，在他漫长的婚姻旅途中留出了一段需要独自穿越未知的探险，充满不确定性，就像把一艘超过服役期的旧油轮推入可能掀起惊涛骇浪的太平洋航线。

刘粤不声不响打开门，走进邓小桔的公寓。他手里还有一套钥匙，邓小桔并没追讨。

邓小桔正站在画室里画画，她看见刘粤，手一收，嗒了一声，却没停下画笔。

邓小桔创作很多幅画的时候，刘粤都在一边，他喝着茶，喝着酒，喝着咖啡，或吃着什么东西，不声不响地观看邓小桔画画。邓小桔可以在刘粤的注视下画出任何她想画的东西。然而，别人从不被允许旁观她画画。

刘粤没打断她画画，他轻轻把钥匙放在茶几上，从黑大衣口袋里摸出一包食物，穿着大衣靠在沙发上。

那幅正接近完成的国画画的是被大风雨吹折的一排牡丹，牡丹正盛开，鲜艳的紫红色伏地，花冠缀满肥大晶莹的雨滴，深色牡丹叶子很肥硕……

"没事，这花。"刘粤轻轻说，"太阳一出，断掉的枯了，新的花苞会长得飞快。"

邓小桔无声无息，只挥舞着画笔，过了几乎半分钟，她才从鼻子里哼了一声。

刘粤津津有味地啃着自己带来的那包东西，飘散一股酱牛肉的香味。

邓小桔放下画笔，退后五步看画，满意地嗯了一声。她转过头，居高临下看准了刘粤。

刘粤触电般把架在茶几上的腿放下，人坐正："我来还你钥匙。"

"放茶几上吧，我倒是忘了缴你的。"邓小桔冷冷地说，"天气冷了，玄关衣橱里还有你忘了拿的滑雪衫，今天拿走吧。不然，我也扔了。"

"呵呵，"刘粤笑道，"赶尽杀绝吗？又不是飞机航班，二十分钟清理完。"

"刘粤，你也是个外企高管，说话可不可以像个男人？我可没亏待你。"邓小桔中气十足，话风里蓄足了后劲。

"我走。"刘粤叹口气，"新欢面前，旧爱成屎。"

"你什么意思？你还有什么资格……"邓小桔语速飞快，没想到却被刘粤高声打断了。

"那男人是谁？怎么以前一点风声都没有啊？邓小桔，你这是才离婚就出门乱搭？"

"你！"

"别否认，邓小桔。我已经成全你了，不过至少我还可以说几句。你是个什么样的女人，还能在我刘粤面前装？我一直在成全你啊，你总知道的吧？你就是个玩弄别人感情的女人，不是吗？看看你的画册！"

"刘粤，请你尊重自己。你怎么前头不发作，现在倒来发作呢？你还想要什么吗？"

"我要？我真要你什么了吗？你最值钱的东西可能就是那些画，可我要过吗？留着吧，女人！你那些见不得人的，都在画里。我对得起你，我不会点穿的。"

刘粤站起来，傻站着，忽然摇摇头，往自己嘴里疯狂塞酱牛肉片，咔咔地咀嚼，喉头上下耸动，咽不下去。一低头，全吐在地上："我呸！"

邓小桔不言不语，泪水溢出眼眶，挂在腮上。她身体僵直像尊塑像，看着前夫。

"你没爱过，可我爱过你！"刘粤冲到玄关衣柜，扯出自己的滑雪衫，夸张地穿到大衣外头，"如你所愿，我和我的东西都从你眼前消失好了。"

他拉开门，闪了出去，倏然又推门而入，关上门，打量着邓小桔。

"呵呵，我明白了！你画册上那些鬼魂全都到齐了吧？那个葡萄架下面举着白葡萄酒杯的美国佬出现过了，那个和你在划艇上荡起双桨的现在胖成猪猡的家伙被我赶走了，那个差一点带你去深圳的老色鬼也不敢再来了，呵呵，他可吃进你不少习作……现在这个让我猜猜，大概只能是你青梅竹马了吧？你倒是从哪里把这些旧货都能捡回来？"

"请你尊重自己，刘粤。你是不是在跟踪我？"邓小桔向他走来，伸出手。

"别碰我！"刘粤大叫一声，往后跳开，"邓小桔，我告诉你我的心里话：你病了，你是个病人！你的心暖不过来了。别装，承认了吧！"

他大笑一声，拉开门冲出去，门哐当在他身后合上。邓小桔的私密空间里，马上只剩下她一个人。

邓小桔站了一会儿，拿出扫帚和畚箕，打扫了房间。她从放在卧室的酒柜里拿出白兰地，走进画室。她换了画布，取出油画颜料，往玻璃杯里倒入酒浆……

很快，画面上有了影像轮廓：一艘巨轮在浪涛里起伏，海面宏大，没陆地出现在视野里。她往天海之间添的不是海鸥，是一些不可能在洋面上存在的黑乌鸦。乌鸦翅膀收拢鸟喙却张开，像在呱呱乱叫……

十一

也许出乎意料，也许一切都在医生的诊断之中：邓小桔姆妈的状况急转直下，进入了弥留状态。

邓小桔开始连续陪伴，衣不解带，留在急救中心病室外等医生随时询问和通告。施丰能临时向上司请了几天年假，他家在医院附近，就此做起了邓小桔的后勤支持。

邓小桔最难面对的是值班医师就种种抢救措施咨询家属意见。癌症晚期病人进入了弥留状态，所有指标都已恶化，医师却还是谨慎地要求家属在种种治标不治本的抢救措施下签字表明放弃积极治疗。邓小桔哀哭了一回，对施丰能说："这叫我情何以堪?"

施丰能这时的回答就显示了他出现在邓小桔身边的重大价值。

施丰能说："这些抢救措施能让你妈从癌症中复原吗?如果不能，又能叫她在痛苦中多活几天?医生说一两个月?那好，这一两个月里她能从昏迷中醒来吗?如果答案全部是不能，我们除了放弃所谓'积极治疗'，还能做什么对你姆妈更好的选择？老人、癌症晚期，你最好的孝敬就是减少她的痛苦。"

邓小桔小鸟依人偎着施丰能："没你直说这些话，我简直要疯了！"

还好，只三两天工夫，邓小桔姆妈就过去了。施丰能帮着邓小桔把她母亲的遗体送入医院太平间，帮她议定了由殡仪馆处理后事，打发了医院里讨要小费的护工和运尸工，置办了一套医院太平间推销的寿衣，算是完成了在松江医院这边的种种必经流程。

邓小桔抹泪说："烦劳你也够了，接下来是我家亲戚之间的事。你好好休息，等我忙过了姆妈后事，我们再见面。"

回到办公室，知道有一小段时间不会和邓小桔见面，施丰能不但没感到轻松自如，反像被丝线牵住了心，总不由自主猜想邓小桔在干什么。

他越来越觉得邓小桔不是以姿色迷他，而是散发着深深的亲切感，就像他俩是很久前走散的亲人，比亲人多一丝男女间的吸引力，让他希望时刻能看见她。

邓小桔很丰富，比他认识的大部分女人都丰富。她出现在你面前，她的丰富既跟着她，也留在她大量的画作里。施丰能明白，他一看见她的画册，就爱上了她的画。所有那些画，都和他本性的审美相符。她仿佛画出了他种种梦境，不仅梦境，包括他对天堂和地狱的潜在认知。她能画出让他感官和灵魂同时悸动的画面。

施丰能忍不住想了想，若是一个油轮设计师有一个画家妻子，生活会有什么不同？他没想象出其他，但他认定他俩可能会乐于一起登上远洋船，在海上、在波涛和风浪里度过长长的岁月，走遍世界每个角落。他可以设计更好更现代的船，她可以画出海和天，画出远走天涯的人物和他们的灵魂。

正是在这时刻，在做了这番想象之后，施丰能对自己失望到了极点，他明白自己可能过不了这一关，他正不可挽救地陷入邓小桔的深坑。

他希望自己可以抓住邓小桔办丧事的空当，让自己有最后的机会挣脱出来，就像一只蜻蜓挣脱原先那显得不怎么起眼的蜘蛛网。不过他并没什么信心，内心深处，他差不多已缴械投降。

施丰能周六一早坐九号线赶往松江南站，搭高铁往杭州探望阿爸。

施丰能知道阿爸的老年痴呆和别人略有不同，他似乎还保持着某一领域的智慧，并非对周边环境全然无感。养老院在西湖不为人所顾的一个僻静角落，阿爸有独立公寓套间，还有专职护工护理。

施丰能记得阿爸那一年回家，在海员公寓遇到过邓小桔。阿爸挺喜欢邓小桔。

他坐出租车到达养老院，先到办公室代阿爸结清了该付和预付的款项。驻院大夫出来同他聊了聊阿爸的身体状况和精神状态，结论还好。女大夫开玩笑说："他现在是老风流，好几个大妈围着他转，还争风吃醋的。"

大夫陪着去老头公寓，老头人不在房间，房间里已打扫得干干净净，还喷过空气清新剂。施丰能打开阿爸的衣橱和抽屉，看见除了衣物、烟斗烟丝，还有从来不肯放弃的航海图和航海日志。

女大夫笑说："船长大人的东西你还是别碰，他要发脾气的。他如果在房里，我们是不敢进来的，他会喊叫。"

走出公寓楼，在两排大柳树之间石径上走一会儿，前面就是活动中心。只要老人不病，医生建议他们每天必须一起共度五小时以上。室内不能抽烟，可以看电视、打扑克、玩象棋、下围棋，也可以打麻将。什么也玩不了的老年痴呆症患者，常坐在阳光里彼此呜呜嗯嗯。

一进门，施丰能就看见了阿爸。阿爸坐在一摊秋日阳光中央，周围围着几个婆子。这实际上看起来好笑的，怎么说呢，非常像公鸡带着一窝母鸡。

护士把船长搀起来，带他到门外望得见湖泊的地方和儿子一起喝茶。船长顺从地吊在护士臂弯里，佝偻着腰，低着头，踮起脚，碎步走，看也不看跟在身后的施丰能。

落座在法国梧桐树下的藤椅上，老船长捡起一片落叶，看着手掌形的叶片。

施丰能接过茶水，给阿爸奉上："阿爸，你孙子去德国留学了，让我同你说再见，假期回来再来看你。"

"德国？哦，西德？"老船长不要茶。

"德国早就统一了。你忘了？他去法兰克福。"

老头不言语了，望着西湖一片窄小湖面。任凭施丰能扯东扯西，家长里短的，他再也不回应，像儿子说"德国统一"得罪了他似的。

施丰能想起邓小桔正办丧事，老人们像一茬庄稼，秋日过去，就消失无踪。阿爸不晓得还能撑多久？他想得难过，不由得哑了。

老船长摸摸藤椅扶手："你，新船？"

施丰能从衣袋里掏出打印的新油轮彩照给老头看，特意拍了船长室和新设计的娱乐设施。老头看了良久，什么也没说。

施丰能没什么可说的了，他试探着问："还记得一个小姑娘邓小桔吗？我小学同学，你见过的。"

老头头一点，爽气地回答："邓小桔嘛，白生生的那个。你俩结婚好久了？"

施丰能倒噎一口气："你记得她是谁？"

"你的小女朋友嘛，我还送过她一枚红珊瑚。"老船长咧嘴笑了。

护士半小时后来扶老头回房休息，阿爸对施丰能挥手："船长室你不要来了，都上甲板干活。我船上不养闲汉！"

护士笑对施丰能挥手："您回吧。这儿好着呢，放心！"

邓小桔低调举办了母亲的追悼会，只有亲戚和母亲原单位的工会代表参加。刘粤亲自来，动情地哀哭了一阵子。邓小桔知道刘粤是真心，"丈母娘看女婿越看越欢喜"这回事，落实到姆妈和刘粤之间，是真事。

现在姆妈故去了，姆妈的话就显得金贵，不得不去回想。

她下决心和刘粤离婚时姆妈不开心，姆妈说："刘粤虽有点小男人，不过看他那样，比张国荣终究男人些吧，对你真心。你说离婚就离婚，以后未必好过现在。"

刘粤在告别大厅里哭着拥抱了邓小桔一下，邓小桔心有点软，对他就客客气气。追悼会之后，刘粤还像女婿那样帮她应酬客人，豆腐席上亲戚们也完全当他自家人。

席终人散，邓小桔想到回家后孤清一人，不由得发抖害怕。刘粤大大方方说："我开车来的，送你到家。"

到家坐下喝茶，刘粤从衣服里掏出一个信封："你妈给我的，你看看。"

邓小桔吓了一跳，连忙打开，竟是姆妈留下的遗嘱，落款时间是她最后被送进医院前两天。

"她寄了挂号信。"刘粤解释。

邓小桔匆匆看了那遗嘱，没感到委屈愤恨，只觉得母亲的手又从阴间伸出来，在自己背上抚摩，那种带着热量的力气叫她万般难受，却又难以反抗。

姆妈简单明了写道：

　　希望小桔和刘粤复婚。小桔有刘粤照顾，姆妈死了闭眼。实在不能复婚，姆妈名下淮海路一套公寓房子由刘粤继承，刘粤请看在姆妈面上，关心照顾好邓小桔。

邓小桔惨笑说："她就是这样子不肯死。"

刘粤正色对邓小桔说："她死了，你就别再说她。我肯定不能要这房子，这是你邓家的，我会放弃继承权。"

他站起来，朝门边走，一路走，一路情真意切："小桔，你年纪也不小了，别再任性。这世界上，有些东西咱们不该有，就别执着了。我在，你有事随时可以让我替你去办。要不，人家怎么说'一夜夫妻百日恩'呢？"

他打开门正准备走，邓小桔跳起身来扯住他："你先别走，我一个人害怕……"

和施丰能再见面，距离上次两人见面差不多已过了两个多星期。邓小桔约的施丰能，施丰能接到电话，人却在松江家里。邓小桔说那还是九号线附近方便。施丰能说好，选个中点最合适，就到七宝古镇上走走。

秋凉沁人，蒲汇塘古桥如虹飞渡，镇上沿河都盛开着粉红色木芙蓉，大花映在河水里，富贵悠然。

施丰能不见邓小桔十多天，老琢磨着地铁里偶遇邓小桔到底是什么天意，后来松弛下来不去想了。生活里平添一个亲切的女人，还有令他遐思的余地，这本身就足够他慢慢消化。他不是小伙子了，他是个妥妥的中年人。十几天时间，足够他再次警告自己别玩火。

邓小桔穿一身淡橘色小洋装，头发做成了小卷，漫披下来，洒在肩头上活络。她轻快地朝施丰能跑来，带一阵法国香水暖风，挽起他手臂一起走老街。

施丰能就给邓小桔讲这七宝古镇。怎么说这也是千年之镇，再加上和陆云、陆机古代文人的瓜葛，足以证明此地人杰地灵，蕴蓄文化。尽管眼下全是商业，满街卖纺织品、旅游纪念品和印度檀香什么的，也未必就毁尽千年遗韵。

邓小桔笑道："我熟，我常来写生。"

他们走了一阵，先去古色古香沿河枕流阁茶肆吃素面，吃了面，点上茶来。

邓小桔叹道："真可谓云卷云舒一人间，姆妈怎么就不在了，剩我一个孤单单。"

施丰能看着她，聊起他阿爸老船长。"老头还记得你邓小桔呀，他真送过你一枚红珊瑚吗？"

"是的，有这么一枚红珊瑚。"邓小桔笑起来，"他不是老年痴呆了吗，竟然还记得我？"

秋阳西斜，射在人身上，并不暖。施丰能感到阳光一片金，时空乱转，有不知今年何年之感。他看看气色好得跟木芙蓉花般的邓小桔，觉得近乎失去方向感。

"你太太快回来了吧？"邓小桔眯缝起眼睛，"你已经放假很久了！”

施丰能咂着一片茶叶，琢磨邓小桔这话的意思。他知道太太的归期离此刻还有一阵子，不过，他点头说：“是啊，凡是假期总要结束的。快了！”

正在这时候，他心中一动，觉得舒畅起来，像有什么看不见的良药突然注入体内，让他感到轻松自在。

邓小桔的脸色阴下来，她似乎有些恼怒，只是你不能下此判断。她从包包里掏出一枚钥匙，放在自己茶杯边。

施丰能想问这是什么，话到嘴边，及时收住了。

不说话间，一小段微妙时光滑过去了，太阳差不多已落山。施丰能从阳光里落回清净茶肆，看清了面前的邓小桔。

邓小桔也正怔怔看着他。

他看见的邓小桔是个打扮清净、面相大方的中年妇女，有一股子睥睨人间的孤傲。她脸上有了细细的发散性的鱼尾纹，嘴唇丰满性感，下巴很有型，身材保持得不错，却仿佛有心事。

邓小桔也看清了好些天不见的施丰能。他比印象中显老，他的眼圈黑得仿佛有了蛮悠久的历史，他显出一种乐呵呵的习惯性表情，不过以一个画家的眼光看，这完全不是他的真表情。他的头发里亮晶晶有不少白丝，他开始发胖，有小肚腩了。不用说，裸体的话不可能再显得性感。但他对自己显然怀有一种深情，这应该是真的。

他俩慌忙移走留在对方脸上的眼神，一齐笑了。

邓小桔说："哪里有什么好玩的？我这些日子都快忧闷死了！"

"好呀，我也正有此意，去哪里玩玩？可是，我们能玩什么呢？这世界属于90后了。"

他们温情地对视着，仿佛时光在彼此脸上变幻，他们也搞不清楚自己此刻几岁，到底是男孩还是大叔，是小女生还是准大妈。

"反正，咱俩还不到跳广场舞的时候，"邓小桔一把抓起桌上钥匙，用力塞进包包，她跳了起来，"我们去百乐门舞厅吧？你和我，你搂着我，陪我跳几支华尔兹？"

施丰能追着她往外跑，边跑边把一张百元大钞塞在服务生手里。他们跑到街上，邓小桔猛回转身，对着施丰能抬起脸，面上泪水涟涟。

施丰能呆住了，低头看她。邓小桔慢慢向他靠近，他浑身发麻。他们嘴唇吻着嘴唇了，忘记了周围那么多人……

没过多久，两人置身在百乐门舞厅大舞池里，乐队奏起轻曼的西洋乐曲，他们隐在起舞的男女之中，亲昵地搂着彼此，顺音乐的河流漂荡……

很晚才走出百乐门，邓小桔笑吟吟对施丰能说："地铁打烊了。我打的回去，你也快打个的。"

"好的。"施丰能说，"你路上小心。到家给我个电话。"

"不，不用了。"邓小桔笑道，"今晚很开心啊，很开心啊，能这样，多开心啊！再见了，朋友！"

施丰能目送她乘坐的士离开，他在秋夜的愚园路上走了起来，他不急着回家，不急着从梦里出来。

等自己从梦里醒来，就不会再联系邓小桔。想必邓小桔也不会再电话他了吧！

他朝秋凉深处走，身上满是余温，手里仿佛还是柔软的灵动的那个身体。

十二

施丰能从没在九号线商城路这站出站过，这是开天辟地第一次。

他到这站出来要做的事，也是开天辟地第一次。

玛丽覃给他手绘了一张图，告诉他出站怎么走，才能找到那个外面轻易看不到入口的网红酒吧，酒吧在一栋大楼的地下室，每天晚上都有老外组成的重金属乐队在那里嗨。

那天，他把玛丽覃晋升为部门副主管的电邮发给了全公司，玛丽覃敲开他办公室门时，他正不可抑止地想着邓小桔。邓小桔的亲吻和拥抱产生的魔力深入了他感官，在那里驻留不去，他觉得自己开始病了。邓小桔，她是多么亲切呀，她来自久远之前，与他素来有缘。

施丰能几乎没在意玛丽覃的道谢，他淡淡地说："你好好在公司做吧，这公司牢靠，努力做，可以做一辈子的。"

玛丽覃对他说了几句，他没听，他还在邓小桔制造出的余韵里浮沉。

直到玛丽覃自说自话关上他办公室的门，他才愕然转脸看着她。玛丽覃说："老板，我那天下班在地铁上看见你了，你和一位艳妇。"

他愕然到张大了嘴。玛丽覃笑道："你太太不在国内呀！"

他觉得有必要解释，可他才解释，就看见了玛丽覃的讪笑及某种善意的表情。

"老板，你像是被蛊惑住了，对吗？解蛊，我是专家，要不要我帮你？"

他有不和下属交往的原则，他笑笑，宽待地说："你去做事吧，大叔的事留给大叔自己。"

玛丽覃却摇摇头："老板，你这样子会吃亏的。我猜，你大概误解了很多事，尤其女人的事。"

后面一周，他应邀和玛丽覃在公司附近吃了两次"工作午餐"。他把邓小桔的事断断续续告诉了玛丽。

玛丽像个占卜师那样问了他一些奇奇怪怪的问题，让他觉得玛丽和自己都很好笑，甚至有几个瞬间，他想打电话给邓小桔，把这番好笑告诉她。

最后，玛丽长吁一口气："老板，我弄懂你的问题了。我帮你！"

她手绘了那张图，告诉他怎么找到那家有重金属乐表演的酒吧，她将在那里等他，告诉他该怎么做。

妻子马上要从德国飞回来了。

施丰能觉得玛丽的圈子对他而言是个陌生沼泽，但偶尔去看一眼也不错。听年轻人讲话，总不嫌多的。他特意换了件皮夹克，空身去那种时髦地方。

走进网红酒吧那不起眼的门，他发现自己来得有点早，这里的气氛对他而言颇为尴尬。打桌球的男生们全是强壮而彪悍的，个个有纹身；女生则打扮得像在出席企业的年会。他走进去，要了杯啤酒，就靠在吧台上，祈求玛丽早早出现。

可玛丽仿佛忘记了这个约会，把大叔约来，又晾在那儿。酒吧里人越来越多，渐渐也有和施丰能年龄相仿的，不过都显得很有性格，像是拥有金属色泽甲壳的虫子，个个硬朗。施丰能一直窝在吧台上，他看见乐队的人也来了，在小舞台上摆弄电吉他和话筒。

心脏在开初的十分钟演奏里简直受不住，四个乐手把低音重重砸到酒吧客人肚子里，兀自在肠胃里嗡嗡飞旋。施丰能一个劲地喝啤酒，看男男女女到舞池中扭动，他们的身材真是没说的，荷尔蒙加上健身中心的汗水才能塑造这种躯体。

他大汗淋漓，想付账脱身，一只手妖娆地绕到他后脖子上：玛丽覃出现了。

玛丽穿一身黑色洋装，和酒吧里各路人马都熟。她打了一圈招呼，回到施丰能身边，要了杯鸡尾酒："你从来不到这种地方来？"

施丰能笑笑："不懂得怎么来，亏你给了地图。"

玛丽几口喝完酒，把两个人的酒钱都算在她账上，拉起施丰能的手就走。他跟着玛丽一路从舞池中间穿过，到了对面的门口。

玛丽从存衣处要了外套穿上，推开门走出去，他跟上。

外面是后街，有几家做串串生意的小店和几家小美发厅。玛丽转头一笑："老板，跟我来，我就住在这上头。"

普通的公寓，电梯一般，但震动不大，一路不停到了二十一楼，玛丽走出电梯，打开了2107房门。

这房子布置得如同品牌服饰店，到处是名牌饰品和包包鞋子，颜色基调是掺了灰色的粉红，一看就是时髦女郎香居。

桌子上竟然放好了两副碗筷，三菜一汤，汤锅冒着热气。

"这是我忙了一下午做的菜，特意做给你吃的。"玛丽媚笑说，"你请便，我去换衣服。"

再出现在他面前，玛丽打扮成了白衬衣黑裙子的素雅女子。她仿着日本女人的腔调，请施丰能吃饭。施丰能尴尬道："你没说吃饭，我连礼物都没带。"

"今晚是我对你的正式报答。"玛丽欢笑说，"一切都是你应得的，请不要客气。"

那几个菜，果真做得精致，还有讲究，玛丽一一道出原委，听得施丰能哑舌。她到底玩什么花样？

吃过饭，施丰能暗想是不是该马上站起来道谢告别。玛丽却又不见了。

过了一阵，她从房里出来，又换了紫色裙装，她的身材在这套衣服里显出那魔鬼般的姿态来，让他发热。房间里响起背景音乐，玛丽走猫步过来，"老板，条件是我开给你的，今天是该我埋单的日子。"

第二天玛丽覃上班迟到了一个小时。

她敲开他办公室的门："对不起，老板，我迟到了。"

他抬头，见她冷冷睨着自己，仿佛从不认识他。

那个周六，他有两件事办。

邓小桔父母的墓地就在松江境内。邓小桔告诉他周六落葬，施丰能说自己一定到场。

他计算了时间，出席完葬礼，他马上搭九号线往浦东世纪大道站，再换线到浦东国际机场接太太。

想起邓小桔，他很想马上见到她，见到她的脸，见到任何肉体的一部分，验证一件很重要的事。

虽说这事不适合在葬礼上验证，但那个气氛，倒也适宜直面真相。

他不用去接邓小桔，她和亲戚是有车到墓地的。他订了一大束端庄的白百合，黑西服白衬衣，先到墓地等候。

这时节，商场和办公楼里人声鼎沸，到处是人的心机和人的算计，墓地里就只有漫漫石碑和淡淡黄菊了。天色悠远，白云飘飘，连园丁都不在，安安静静，墓园显得寒凉。

邓小桔捧着骨灰盒走在头里，一身白衣服，是个好看的中年妇女。她后面跟着十来个亲戚。墓园办公楼里迎出人来，要为下葬仪式开穴封穴。

施丰能跟着队伍迤逦到墓园的一个角落，看着园工打开墓穴，邓小桔亲手把母亲的骨灰盒放在父亲骨灰盒一侧，两只骨灰盒面对面，终于又聚首了。

众人呜咽行礼毕，园工用水泥封了墓穴，大家献上花，再次行礼如仪。

施丰能最后一个上前行礼，邓小桔握住他手喃喃道谢。这时候施丰能心里一阵颤抖，自己这把年龄还犯糊涂，差点搞错人生，行差踏错！这真要感谢玛丽覃！

他亲切地安慰着邓小桔，他眼角看见那些亲戚里有个男人时刻戒备地监视着他，不过，他心地坦然。

盘桓了一阵，邓家亲亲戚戚上车返回，邓小桔请施丰能搭车，施丰能说把他带到九号线地铁口就好。

邓小桔介绍说施丰能是小学同学，姆妈看病，多亏他帮忙照料。她也介绍那个瞪着施丰能看的家伙是她前夫刘粤。

施丰能大大方方伸出手，和刘粤握了握。

施丰能回答邓小桔："别谢我，我们的友谊从十来岁开始，已经四十多年了，不是轻易会改变的嘛！"

邓小桔愣了愣神，终于微笑说："你可真会说话。说得对呀！"

告辞下车，施丰能进了九号线地铁口。这正是那天早晨巧遇邓小桔的地方。

施丰能回忆今天看到的邓小桔：一个端庄娴静的中年女人，已过了一个女人的花季，正慢慢从牡丹变成菊花。她正从炽热中冷却，也许菊花那些细碎的花瓣就是冷却时挣扎破裂开的。他感到亲切，但他不再有胃口去刺探她女性的内在。

玛丽覃充当了完美的演员，向他展示了女人可以给男人的所有幻象。那些他体验过的和从未体验的。

玛丽对施丰能说："老板，你对我不错，我不想看你老房子着火呀，嘻嘻。"

坐在飞驶的九号线车厢，此刻他觉得离老婆越来越近了，离自己的家也越来越近了。他明白人还是住在陆地上好，人不能长时间坐远洋轮，人并不属于大海。

九号线到了市区就拥挤，今天特别挤。施丰能捂住额头低下脸，想念自己那遥远的童年时代，在他还没嫌弃邓小桔的时候，他俩之间曾有最真诚最纯净的感情：友谊如露珠，如春天绽开的第一朵花……

手机震动，是邓小桔发来一个短信：君住线西头，我住线中央……

施丰能心里一动，他认真想了想，回她短信：此线从来有，此线可以久，纵使难再见，友谊暖心头。

他不再想邓小桔，他开始猜想妻子的变化。他决定一到机场就向她挑明：孩子离巢了，两人世界又回来了。而夫妻生活已经久违了……

他看清中年危机像沉默的虎瞪视着他的家，他此刻真诚地希望在老虎面前护住他的妻……

到了浦东，九号线车厢一下子空净明亮。

七杯咖啡

我瞥一眼扶桑，她全心全意在白色苹果手机上写游记，朝她朋友圈塞话题。

这种时刻，扶桑最烦我找她闲聊。于是我转过身，想对那位颇有姿色的女侍者招手，请她就啤酒杯上一个没擦净的口红印给个说法。这黑发褐目的女人似笑非笑转过脸来，我们正要四目相接试一试会否来电，我悚然一惊：我觉得就在我转脸这瞬间，看了什么不该看的……

我登时忘了女侍者和口红印。我犹犹豫豫从桌上捡墨镜戴上，佯装怡然喝酒，借墨镜掩护，偷偷打量散坐四周的游客和闲人。

巴黎四月的阳光流泻着怂恿人犯规的热量，叫我颈子难受。其实不用找，我知道我一般不至于如此吃惊：我大学同班的雷绿川和裘小雯像对夫妻那样坐在离广场中心更近的一张圆桌边喝咖啡。

雷绿川看上去没怎么变老，还是高鼻子厚嘴唇的侧面，小雯却已是一个打扮成时髦女郎的准大妈。他俩脸对脸密切私语，投入得很，应该还没认出我。

我一时间有些呆傻，我一把没抓牢思绪，脑里轰一声弥漫了大学的气息和场景：相辉堂一上一下在记忆的草坪尽头跳舞，走马塘里红黑纹小龙虾泛滥，漫到林间小路上……

还泛着白沫子的啤酒杯被人粗鲁地推了一下，酒汁溅到我手背。扶桑尖起声音："你发什么呆？难得同糟糠之妻出来，就是这种状态？"

我猛有些恼，不过雷绿川和小雯的在场平添了一份喜气。我略微低头，从墨镜上方对扶桑眨眼，压低声音告诉她："有情况！我看见雷绿川坐在那边，他身边那位不是他太太，是我们同班女同学。"

"啊?"扶桑抚口一叹。

凭经验，我听出扶桑本已进入拿我开涮的常规状态，但雷绿川就在眼前，这消息顿时改变了她体内的化学分泌。她的思绪在脑回路间抢一个弯道，拐到欣喜的八卦上来。

"雷绿川？哪个是他？他和你们班的'林黛玉'终于搞到一起了?"扶桑抬起头，她有天鹅般好看的头颈，不过，此刻看她眼睛，她更像猫头鹰。

我自然在漫长岁月里事无巨细地向扶桑描绘过雷绿川。也许该归咎于我始终怪腔怪调对往事滥下判断，此刻我才意识到自己口述的雷绿川留给扶桑的印象是滑稽的，仿佛他是位顶级喜感人物。

我感到自责。雷绿川是个少有的严肃并认真的人，扶桑对他的好奇很可能冒犯他。

另外，我还有一番恼怒，恼怒扶桑下意识地提起我们班的"林黛玉"。我们班的"林黛玉"真名叫倪虹，名字漂亮，人也同我们芸芸众生不太一样。可惜，雷绿川此刻不是和倪虹一起游巴黎。这突如其来的现实确实打击我的信仰。

我告诉了扶桑哪个是雷绿川，我一个劲对她说："别瞪着人家看！咱们还是快走吧！"

我伸手逮住从我身边经过的漂亮女侍想必和维纳斯一般无二的手臂，用法语对她说："原谅我碰你，不过，请立刻结账，我们有急事。"

扶桑对我和女侍概不关心，她压抑不住兴奋："那个女生不漂亮嘛！雷绿川怎么这样？怎么能这样？"

我给了女侍五个欧元硬币小费，假充风流地挤挤眼，追逐她的浅笑，勉强放了下弱电。如果扶桑对雷绿川更关注些，我甚至想放肆地上下打量一眼女侍，让她明白我赤裸裸的恭维。可是，扶桑对我急急说一句："他们过来了！"

刘扶桑的套路我已习以为常，甚至怀疑任何老婆都不会放过如此千载难逢的机会。我在漫长的婚姻生活中把雷绿川当成方鸿渐，借以用针对他的冷言冷语反击扶桑对我的精准打击，扶桑怎能不想会一会这块神圣的挡箭牌呢？

见鬼，我可没做好和雷绿川重逢的准备，何况边上还有个裘小雯！怎么说裘小雯呢？提起她我印象不坏，但总记起她一边向寝室外走来一边往牛仔裤上系牛皮腰带的动作。我老是偷偷记住别人不经意的动作，而且记得长长久久。

"嘿，你们好！"裘小雯的声音，"我怎么觉得这位先生像是老同学呢？"

不等扶桑说出叫我尴尬的话，我一把扯掉墨镜，张开手臂站起来："裘小雯？天涯何处不相逢！"

第一杯咖啡

雷绿川被风吹乱了头发，皱着眉头，厚嘴唇比当年添了风尘之色，质感上有点让人怀疑他生活放纵。他肩膀在剪绒灰西服里拱着，手指八根插牛仔裤前袋里，两根大拇指卡裤袋口。他眯缝起眼睛看着我，似笑非笑，没拥抱我的意思，我敢说，他还没认我的意思呢！

扶桑对裘小雯毫不感兴趣，亮晶晶的眼睛带着戏谑笑意和莫名的亲切打量雷绿川，如果我不加解释，老同学会以为我娶了个花痴。我借此摆脱尴尬："怎么这么巧？这是我太太扶桑；这是老同学雷绿川，我常向你说起的那哥们儿；还有，这位是裴小雯。"

裴小雯像所有中年女人一样上下惊看扶桑："哟，弟妹我还是第一次见呢，真是个美人儿！"她这话百分百说给扶桑听的，就像男人第一次见我有时也会拱手"葛老师久仰久仰"。扶桑分不清真话和客套，她蓦然回过脸，看定了裴小雯："雷绿川嘛，我老公老挂在口边，我都已听成熟人了；不过，我老公从不提女同学。"裴小雯笑了："是啊，说明他心虚呗。也说明他在乎你呗。"

雷绿川更皱紧了眉头，也不看我，看定扶桑说："老提我？他那嘴我知道，夹枪带棍，虚虚实实，肯定把我说完蛋了。"

"我们倒可以坐下来好好对质一下。"扶桑乐了，"有些事我都已经信了。看见真人天尊，又有点怀疑。"

裴小雯真是多此一举过来打招呼，也不想想这里有个扶桑。女人就这样，碰上就会互相黏糊。我这些年搞独立大队，同学聚会一概不去，也不上班群练嘴，早熬成了清净散人。难道雷裴两位还怕我这种趴窝的人散布他俩谣言？扶桑嘛，她是只光吃毛豆、在自己笼子里熬淡的母螳蜞，你要往她跟前塞一只纺织娘，看她不嘣你三遍！

看人看脸，雷绿川想必和我一样不情愿在这种地方、这个时刻搞社交，但他不情愿没用。这世界你但凡和女人有了真瓜葛，你就身不由己了。

"这么巧可是难得！"裘小雯大方地邀请，"咱们换个地方一起喝杯咖啡去！"

"好啊！"扶桑兴致勃勃，她终于找到比微信朋友圈更具吸引力的游戏了，"去'两个丑男'吧，圣日耳曼大街离这里不远，我们本就要去观光的。"

如果两个丑男咖啡馆这名字可套场景用，看来一个是我，另一个是雷绿川无疑。扶桑会得到一顿八卦盛宴，而看裘小雯那样子，她毫无被人撞见隐私的汗流浃背。她大概期待着说完每个妇女每天必须要说的八千到一万个词，甚至在巴黎小黑咖啡刺激下，飙到两万个词上限也未可知。

不过，两个丑男咖啡馆内外座无虚席，一半脸冲马路发呆的客人有同我们基因一致的黄脸庞。

扶桑大失所望，她被旅游书告知的可是家清雅安宁的好馆子。不晓得当年毕加索坐着发呆的时候这馆子发不发达，但至少能肯定，若像今天这般坐上一群中国大妈，无论海明威还是萨特那一对儿都绝不会到此消磨时光。临哲学家自己头上，存在的未必就合理。难不成碰上中国大妈喝不惯咖啡，喝燥了即兴街边跳广场舞，西蒙娜·德·波伏瓦还鼓掌不成？

有位中年侍者忧郁地看我们一眼，雷绿川风度翩翩对他说了句英语。不一会儿我们被领到咖啡馆顶头墙角拐弯的地方，那里有个空。秃得很有型的侍者悄悄接过雷绿川塞给他的纸币，从屋里搬出张小圆桌和四张折叠椅来，还用围身给桌面掸了掸灰。

"哥们儿，你怕是移民法国了吧？好多年不见，跑这里撞着你。"我坐下时深思熟虑说这么一句，算体贴他俩。雷绿川尽可以先顺这道梯子下来，把他和裘小雯的事遮掩过去，免得待会儿我家里这位没分寸的当场扒他们扒出血。

雷绿川给脸不要脸，冷冷丢回来几个字："没移民，来玩玩。"

裘小雯明白我意思，她红了红脸："我接受老雷的款待，也来巴黎逛逛。老雷有求于我。"

哈哈，我笑了。嘻嘻，扶桑笑了。

扶桑笑点和我不同。

哈哈，裘小雯笑得尴尬。哈哈，雷绿川倒磊落。

"越解释，越被动。有句话叫'越描越黑'。裘小雯，你不如不解释，让老同学自己去猜。他有他的逻辑，你解释也没用。"雷绿川耸耸肩，"我有求于裘小雯，所以请她旅游。"

"不管怎么样，我和扶桑会选择性失明。"我笑道，"再说，我们也不认识雷兄的太太，更不认识小雯的先生。"

我自以为划下了道道，如果他俩还记得大学里大家一起读的古龙小说，他们该明白我的意思。扶桑没和我们同过学，她也比我们年轻得多，扶桑这时候真不懂规矩，她笑看小雯和雷绿川，说："我们非礼勿视，非礼不言。"

小雯闷了，脸像傍晚收拢的丝瓜花。雷绿川接过侍者送来的咖啡，抿一口，只好勉力挽救小雯的名誉："眼见为实吗？眼睛看见的也未必是事实。我请小雯来巴黎，是想同她一起怀旧，因为她曾是倪虹的闺蜜。"

小雯吐出一口气，松快了："老同学你是知道的，老雷和小虹那段往事，对吧？他还能和谁说呢？也许只有我。"

我惊叹一声，拿起我的小黑咖啡一饮而尽，胸腹皆苦。

我家扶桑一声惊喜感叹，她像坐上航天飞机，脱离大气层，直奔暧昧的月亮而去。

"唉。"我被触动了。我眼前的东西忽然同我拉开了距离，我穿越时空隧道，又看见了身为大学生的我们。同一天里第二次，相辉堂在草地尽头跳舞。

"还没蜕完皮呀，老雷？"我拍拍他手背，"说句让你清醒的话，小虹再美，如今也是半个大妈了。都来不及翻盘了，你还放不下？"

雷绿川厌恶地把手收回去，像被我碰脏了似的："庸俗！"

我把头凑到琢磨着情况的扶桑耳边："没事，这是他老脾气。当年我俩算混过一阵子哥们儿的，彼此说话不绕弯子，别担心。"

"后来不再是哥们儿了吗？"扶桑怪笑一声。这个老婆，从不肯顺着我毛捋，真是憾事。

我们各自沉默了一阵，低头喝咖啡。看得出扶桑心里对雷绿川维持着偏正面的印象。她站起来走进咖啡馆店堂。

我趁老婆走开，对雷绿川和裘小雯说："对老雷觉得神圣的东西，我绝无亵渎之心，事实上我一看见你俩就戴上墨镜准备埋单走人。这么些年过去了，我们班那个花圃开花的开花，结果的结果，大家是什么品种，彼此都一目了然了。我可不置喙别人的事儿。咱们难得在巴黎有缘一见，喜出望外。现在既然已经见了，喝完这一杯就赶紧散了吧。终须一别，我历来明理，闲云野鹤一派。"

裘小雯看着我，嘴唇动呀动，说不出话。她本来和我不熟，大学四年我和她几乎没搭过腔吧？雷绿川咧开嘴笑："你这家伙秉性难改，从没什么忠厚之心。算我和裘小雯自作多情过来招惹你。"

"我呸。"我给他一个大白眼，"你个歪瓜老情种。这会儿该你儿子谈恋爱，不该你!"

扶桑喜洋洋走回来："这里的甜点只在梦里才有福尝。来了，马上就上。"

她可不是盏省油的灯，请人吃蛋糕岂是白请？落回座，太阳这会儿正洒她脸上，她昂脸戴上香奈儿墨镜，立马进状态："雷兄，你知道我家这位自称大学里是你死党，常没事念叨你。既然巴黎离上海十万八千里，你正好又来怀旧，如果都不算外人，何不和我们放开了聊聊？我知道你和'林黛玉'的故事呢!"

雷绿川马上看我，我要是能捂得住扶桑的嘴，我就不是我了。我耸耸肩，雷绿川自找的，我没责任。

"弟妹真是快人快语，长得漂亮，脾气还这般亮。"裘小雯又夸扶桑。

雷绿川淡淡回答："你们所有的回忆都是给我的礼物。

很多事我都记混了或真的遗忘了，你们一说，好比补正了一些古籍似的，我心里轰然一动。我愿意谈谈我，谈谈我和小虹。当然她不在场，所以出于对她的尊重……"

"出于对她本人的尊重，我们在巴黎所说的一切都是半夜昙花，不做记录不传话。就像看一出音乐剧，看完无法传达。"扶桑一脸聪明，懂了雷绿川。

"好的，就是这么说。"雷绿川拍拍我手背，"老弟，几百年见不了一面，既然见了，那就再多待一会儿吧。与其背后和尊夫人嚼我舌头，不如当面一起百无禁忌。我，我真的无所谓。过去只是故事，谁都可以听故事讲故事。"

我嗤一声，眼前又是大学里的烟雾。人和树其实挺像的，有的树日长夜大，有的树长到某个高度就停了。雷绿川早就表现出停滞的特征，我和他就是在他开始明显停滞的时候一语不合分道扬镳的。没想到今天还会在巴黎撞见，更没想到撞见了还要回顾过去悠悠的时光。今天我鼻子里全是往昔的气味了。

猛然间我骚动了一下，我恍然闻到了倪虹身上那股子特别的香味儿，虽然事实上我没靠近过她，不知这香味从何而来，如此留在我印象中。

"老兄，我们一不小心会得罪你的吧。这可是挺敏感的往事。"我狐疑，暗望雷绿川控制住冲动，即刻收回成命，我们好全身而退。按计划，这几天我和扶桑在巴黎的活动是一个个博物馆轮着去看。

"就像美国电影里你不能杀害一个人两次，你也不会得罪我两次。该得罪的你早得罪过了。现在我欢迎你们从任何角度谈论我的过去，包括谈论和我有关的倪虹。"雷绿川像从模糊的油画背景里纵身一跃跳出来，此刻真实得如同咖啡杯旁的方糖块儿。

扶桑开怀笑。好奇害死猫却害不死女人。

裘小雯也笑，她怕是高兴自己彻底摆脱了嫌疑吧。

其实，直到这会儿我才被咖啡鼓起了精神头，有兴趣仔细打量二十年前睡我上铺的雷绿川，这位鼻挺唇丰的"第二眼美男子"。此刻这仁兄中年了，更瓷实了，额头上添了斜着往下劈、形如闪电的皱纹。他脸颊有点往下垂，眼神比从前稳重沉郁。他的笑容还是少，拘束于他历来不近人情的表象。

反正，雷绿川大体就是这么个非正能量的人物，他周围发生的事若用画笔画下来，我觉得该会像绕着某个轴心旋转的体系。当然不是银河系，他不够大气磅礴，但也不至于沦为小勺搅拌的咖啡旋流，或者可比方成大学食堂被机器打碎一部分的菜叶旋涡吧？看上去还蛮正常的，甚至有点隐约迷人，只不能去捞去扯，蔬菜叶子虽说开水焯过，纤维还牢得很，一扯就坏事了……

雷绿川打个响指，给咖啡埋了单："我和小雯分开住着两个宾馆，不过都在圣米歇尔大街上。这会儿我们大家各游各的巴黎去，别破坏你们的旅游计划。晚上吃过饭，咱们找个地方继续喝咖啡。"

我点点头，和扶桑咬了咬耳朵，我说："从莎士比亚书店往塞纳河走过去有个街边小公园，坐在那里看巴黎圣母院正好。我们咖啡上将就点，路边有咖啡机，各自打一杯带过去吧。"

裘小雯叫好："天热，小公园有风，舒服。"

她这般一喊，我想起大学岁月和雷绿川无数次饭后散步，我俩踏遍了校园每一个角落，他对所有人为的事没一次好评，但总带迷惑和惋惜的眼神留心各色野花，伸手抚摩被人忽视的树木。老雷上大学时做人也蛮吝啬的，很用心省钱，几乎没什么机缘能让他解囊。永远都是我请他吃喝。我比他爱享受。

第二杯咖啡

同老雷小雯喝第二杯咖啡之前，我当然要和扶桑找地方吃晚饭。

　　我记得先贤祠后面有个教堂圣艾蒂安-迪-蒙，我对这教堂的外表百看不厌。而这教堂正对面有家餐厅，不一定非常有名，但它室外座对准教堂正立面，可以尽情观看哥特式的雕琢细节和那黄色石灰石的古老色彩。这是我建议扶桑去那儿晚餐的理由。

　　当然更内心的理由我是不会同她说的。尽管我这人显得玩世不恭，可我并非随便谈论自己风流韵事的那种人。

　　我曾和一位法国姑娘在这家饭店吃晚饭，我们很谈得来，而且，她那种甜蜜和中国女人不同，法国人相信爱情和我们相信爱情着力点不一样，这个有机会再解释。

　　我也有权利怀旧，我的怀旧只好比张开一双涩眼，朝向过往，惊鸿一瞥。

　　走出现代艺术博物馆，我从街头小贩手里买来一三角包旧报纸裹着的炒栗子（这栗子必然是冷藏货色，这会儿是春天），我们坐上一辆的士，来到先贤祠。先贤祠的台阶上坐满年轻男女，我瞧着台阶上的春色，对扶桑说："咱们也上去坐坐？就像是补课。"

　　我同扶桑坐在年轻男女当中，一切都照上帝安排好的模式运行。我们当然不可能学人家接吻，老夫老妻主要靠拌嘴打发美好的傍晚。

　　你看夕阳挂在巴黎的西天，枯蓝色的法式房顶泛起淡淡金光。扶桑嫌弃我凸起的肉肚皮，控诉我半夜里荒腔走调的呼噜声，问我前世是不是一只夜莺；我报复性地指出她十八岁时如白色木绣球花雍容大度，又像柠檬花宁静芬芳，如今她像什么呢？如果她无法控制住对我的埋怨，我必将指出她今天的模样：一只弯着长脖子到处啄食的雌苍鹭。

我们终于栖在餐厅室外座上了，扶桑目不转睛欣赏圣艾蒂安-迪-蒙的塔楼和花窗，那无法描摹的外立面。我暗暗怀想那位如今不知所终的法国女郎，很多浮云飘过心头。我握住扶桑的手，对她倾吐温柔的赞美，赞美她的容颜和她的风韵。扶桑开心笑了："点菜，点些好吃的名贵的菜，别光灌迷魂汤！"

我们喝着红葡萄酒，我正想自私地暗中继续心的散步，扶桑以精明的语调对我指出："你们那个雷绿川有问题！他哪是什么情意绵绵的君子？难道你忘了你告诉我的有关他和小虹如何闹翻的故事？"

我很不舒服地从我自由的惆怅里被这句话拽回扶桑面前。扶桑眼目灼灼正望着我，像她逮住的不是老雷而是我本人。

"是啊。"我由衷应和她，"就装吧，那老雷。他和小虹闹翻，不是故事，是大家都知道的事实。"

"为了自己能找到理想的职位，雷绿川竟然挖女朋友倪虹的墙脚！他那个位子本来是倪虹的，用人单位都答应倪虹了，却最后归了他。倪虹就那样傻乎乎告诉他秘密，傻乎乎相信他，最后傻乎乎被他耍了。"扶桑重复我曾演绎给她的故事大纲，但她口气很重很怨愤，不是我那种调侃加不屑的调子，简直像我葛某人耍了她李扶桑似的。可以断定，女人古往今来是践行代入式思维的主要动物类别。

"正是如此，铁证如山。"我举起红酒杯，"老雷赖不掉。不过，倪虹比任何想象中的剧情人物更决绝，她什么也不说，连绝交信也不给老雷一封，也没冲他发脾气，就躲开他不见了。据说，老雷手里还有她私人的东西，她也没去拿。她就此杳如黄鹤，避而不见。有人说她去美国了，有人说她去香港了，反正，不管她去了哪里，她一去不回，连我们全班都不再联系，到今天都已经二十多年啦！这女人做得也真绝。如果我是老雷，我还不被她冰镇死！"

扶桑连口吞着红酒，睫毛烁闪，像一个人自顾自观看精彩绝伦的电影屏幕，无暇他顾。只是，我俩眼前没屏幕，她瞪着教堂花窗。我打赌她眼里根本没什么教堂，全是想象出的美女倪虹吧？

"老雷不容易。"她表情激越了半天，吐出这么一句，"出了这种事，老雷竟然还能另找人结婚，还能在职位上进取，飞黄腾达。老雷可比你行多了。心理强大，随遇而安。"

我想，反正扶桑没看着我，她说她的，我脸上泛起讽刺和敌意的微笑。这讽刺和敌意如此明确，我不准备否认，但我自己也说不明白我讽刺和敌对的心态针对的是老雷还是扶桑。我历来知道被扁的时候如何做得聪明些，我用那种微笑告诉我自己：我虽被扶桑的话伤害了，但我原谅她。我不准备反击，反击只会让扶桑更肯定老雷，从而进一步达到打击我的目的。

"老雷不容易啊，"我也顺势一叹，"装，装到这把年纪！还要装！"

"待会儿喝夜咖啡，我可不像你们，我要戳穿他。我要挖出他的心来，对着巴黎圣母院的暗影，就是对着那钟楼怪人飞来飞去打钟的塔楼，好好看看男人的本色。"扶桑微笑说，语气并不凶狠，就像一个小女孩无辜地盘算着把她手里的布娃娃剪开，看看肚子里有没有宝物。

"别！"我下意识地摆摆手，"剥树不剥皮，伤人不伤心。你和他无冤无仇，你虐待狂啊？"

"哼！"扶桑不屑地从鼻子里喷出一个短音，"他？伤心？我告诉你，你从来就不会看人，自以为地球是圆的。我觉得老雷比你描绘的入世得多。全怪你成年累月同我说这家伙，说得都成了我心里一个兴奋点。我不能放过他，如有任何后果，都是你的不是！"

我觉得巴黎的夜风挺凉的，我缩起肩膀，招手让跑堂的来结账。是啊，一旦当了女人长年的丈夫，埋自己的单，也得埋她的单，天经地义。

临走，我放下一张五欧元纸币当小费。扶桑看看我，看看那张纸币，露出讥讽的表情。她掏出自己的零钱包，从里头数出一堆硬币，大概有三个多欧元，撒在桌布上。她两根细长玲珑的手指捏住那纸币，没收进她小零钱包。

我俩没从咖啡机上打咖啡，我们路过巴黎难得一见的一家星巴克，买了四大杯美式。走到那小公园围墙边，远远看见蛋青暮色里老雷和裘小雯在一棵椿树下紧张兮兮互相讨论什么，手里空空正好没东西喝。

看见我们夫妻俩，这两个暧昧家伙显然收住口不谈让他们感到揪心的话题了。裘小雯没老雷会装，她心潮起伏一下子收不住，喝咖啡跟喝水似的，我简直想提醒她别烫着喉咙。老雷咂着咖啡，浓眉紧蹙，额头皱纹正巧映着夕阳残晖，像斜劈下的刀疤。他眺望巴黎圣母院的尖塔，感叹鸽群翻飞在古老的西岱岛上："据说欧洲的美在于它永远维持着原貌。"

作为世上最了解扶桑的人，我明白她此刻的心情必定已像一只吃过猫粮将外出巡夜的法国家猫，不把老雷当田鼠放她爪牙间勒掯一番绝对不得过的。我能做点什么以防范尴尬局面的年龄已经过了，实话实说，男人能有效约束自己配偶的年龄不可能超过四十五岁。不信就去看你们自己的爸、老公或儿，不必同我争论（打老婆不是约束方式；如果谁说是，我不反对，但我们绝非同类）。

我能为扶桑做些什么免得她显得太八卦？又能为老雷做些什么使他不至于断定我才是主谋呢？我绞尽脑汁，无计可施。

还好此刻有裘小雯。

裘小雯忽对我一笑："你还记得我们毕业晚会上播放的主题曲吗?"

我一愣，我记得那是老雷选的曲子《绿袖子》。我摇摇头："老年痴呆症提前发作，我真不记得了。"

裘小雯同情地看我一看："那是老雷选的曲子，可惜该听这曲子的人当年没来参加晚会。"

回头看，扶桑还啜着寡淡的星巴克咖啡，一时间没起兴。

雷绿川脸上的皱纹很快被夜色隐蔽掉一些，脸容显得介于旧照片和现实影像之间，我觉得他此刻既不在往昔中也不在巴黎夜风里。

他咂巴咂巴嘴高兴起来，笑话我："关于大学生活，你忘得一干二净？很多事情，连我们旁观者都还记得清清楚楚呢。你是因为扶桑在这里而清空了某些记忆吧？"

完了，这老雷，他眼力不行，看不见眼前的危险。我闭起眼睛，只听扶桑在我后脑勺边窃笑："他那点拿不出手的风流往事，我还真没兴趣知道。倒想问老雷你一个问题，一直担心你听了翻脸的问题。"

雷绿川终究还是忍不住麻了麻脸，瞬间失去表情。但他马上纠正了自己的失态，笑道："我哪有那般娇情？事无不可对你们言。你们又不是外人，只要别怪我太坦率就好。"

我立马打断老雷："各位还要不要咖啡？我去星巴克买。"

后脑勺立马吃了扶桑一指头麻栗，裘小雯看在眼里，也不言语了。老雷远望巴黎圣母院，脸上酝酿起圣洁的神色，像乐队全停，只剩大提琴拉出长长尾音。

扶桑绝不半途而废，她慢悠悠问道："都说老雷你抢了女朋友的毕业分配名额。这是真的吗？"

裘小雯登时扭头呆望巴黎圣母院，我窘得原地转了个身，看见扶桑脸上表情有点儿后悔，老雷莫名尴尬。我脱口而出："可不是我给扶桑胡编的，班里谁都这么传过。"

雷绿川重重叹口气，要知道，巴黎没人这样子叹气的。老雷叹了，说："连小虹自己都误会我，我哪能怪旁人这么说。"

"小虹离开你是为了这事吧？"扶桑没完。

雷绿川忽把手搭在我肩膀上："一个人能有多少个十年？我等了两个十年了，我不能把十字架再这样子背下去。"

"你有隐情？"我睁大眼睛看他。

"不能说有啥了不起的隐情。"老雷的眸子瞪得很大很黑，"不过我必须承认今天下午我一看见你就想到了利用你，我不是无缘无故走过去认你的。裘小雯不肯一个人去见小虹，我想也许你可以陪她去。"

"小虹？"我脑子转得够快，"小虹在巴黎？"

"你以为呢？你看我是没事瞎旅游的人吗？"雷绿川说得悲哀，垂下头来。

"小虹在巴黎，你知道她行踪，可你不想自己去见她。"扶桑干脆利落在一边总结，"老雷你是怕她不见你，还是担心相见不如怀念？她自然老了。要么你担心yesterday once more（昨日重现）?"

"扶桑你真是个聪慧的人。"老雷叹了一句，不言语了。

我照着这么些年养成的习惯，立马金蝉脱壳："雷绿川，假如你自己不去见倪虹，我肯定是不适合陪小雯去的。小雯曾经是她闺蜜，我可什么都不是。小雯真要人陪，你们就让扶桑陪着吧。扶桑比我机灵，又是女人。"

扶桑在我背上捶了一拳，只有真正挨打的人才明白这拳是惩罚还是奖励。

第三杯咖啡

次日上午天阴，我和扶桑去了蓬皮杜中心，我发现扶桑对 LV 正举办的箱包历史展心不在焉。我知道她是个大活人，只要你让她有深入八卦的机会，她才不屑于附和世上装腔作势的任何东西呢。

她昨晚在旅馆就没睡好，一直翻来覆去掂量如今的倪虹到底是怎么个现象。我用"现象"这词是因为我了解扶桑。她这人很会抹泪伤心，却从不入戏太深。她不会把倪虹当成故人新知，她只会当她是一种现象。她是研究家，倪虹作为一种供她研究的现象。如此这般，没感情投入。

必要的话，我们拍拍屁股、擦擦手，立马就能脱身。

吃午饭时，我挨个儿吞了八只法国蜗牛，对扶桑说："裘小雯见倪虹，好比是大观园里女人久别重逢。你爱说话，但要少说话。毕竟不是你的场子。"扶桑割了一大块鹅肝酱抹在舌苔上，闷哼一声："知道！你怕我演刘姥姥丢你脸。不晓得我才不是那姥姥，我是哑巴板儿呢！"

我们吃完饭连咖啡都没喝，就下地铁赶利沃里街去和雷绿川、裘小雯会合。裘小雯约了倪虹在卢浮宫大厅的咖啡馆见面，扶桑算裘小雯新闺蜜，一起来游巴黎。雷绿川既不打算和倪虹偶遇，她俩就觉得把他卸给我才准保没事，天下太平。

我们四个一碰头才真明白这是件很要紧很严肃的事。雷绿川竟改扮得我认不得了：他戴个傻不愣愣的簇新贝雷帽，戴着大框墨镜，夹克衫里头一件大领衬衣领子竖起来遮没了他三分之一的脸。就算他拦住倪虹问路，倪虹也只会当他是卡扎菲同乡。

我不便嘲笑一个认真而紧张的男人，我的荷尔蒙已干涸了，他的看来还旺盛。扶桑捏了我几下手背，凑我耳边说了两次："老雷那神情，简直就是电影里的盖茨比！"

她俩轻轻松松说声"等会儿给电话"，一转身，轻盈得像两只小鸟儿飞远了。

　　我和老雷站在望得见摩天大转盘的那家糕饼店门口，不知所措。

　　我对巴黎比老雷熟，我说："卢浮宫可不是一会儿工夫逛得完的。雷绿川，咱哥们儿也多年不见，在巴黎见了算缘分。你要不是神思恍惚，我就带你逛逛新桥吧。"

　　雷绿川点点头，我们朝塞纳河走去，一时间眼里全是河边老房子黯淡的图画。

　　巴黎的天，女人的心。才走了不到一百米，好好地就下起雨来。

　　我四处一望，街边就有一家小咖啡馆。我们拔腿就跑，躲进咖啡馆雨篷下。哗啦啦一片声响，骤雨砸下来，陈旧的河边小街白汽弥漫，下水道吃水看着有点吃力。

　　老雷一把抹掉自己的贝雷帽，塞进双肩包，顺手又摘掉了太阳镜。这里没他担心碰上的人，他长吁一口气。

　　"喝什么？"侍者是个精瘦汉子，长着阿尔及利亚脸。

　　雷绿川问："喝点酒吧？我请客。"

　　我对那汉子说："两杯勃艮第红酒。"

　　雷绿川又忍不住吁出一口气，对我轻松一笑。

　　我说："这世道也怪，你到底想见小虹不想？"

　　他接过红酒，猛喝一大口："这话不是这般简单。我们都已经二十年没见面了！"

"二十多年。"我纠正他，"二十多年还不够你忘记旧事？"

我脸对着小咖啡馆里面，老雷脸冲外，他可以望见塞纳河的一小段。雨天的天光不耀眼，映得他的脸反比昨天清晰。我见他额头皱纹深深，脸颊也比我印象里痴肥。岁月毫不留情地在我们的外貌上打了表示否定的大叉。我们常骗自己说有了成熟和长大的脸，其实那就是油腻败残。

老雷眼眶渐渐湿润了，扭过头看墙上挂的平淡无奇的画，没再接我茬。他三口喝完红酒，催我走。我们把钱扔在小桌上，冲进了还没彻底停的细雨。

新桥就在眼前，我们跑上宽阔桥面，对着塞纳河呼吸巴黎的空气。

"小虹真幸福，能在巴黎过日子。"我由衷地感叹。

"巴黎？"老雷目光在虚无空气中追逐什么，他敬畏但狐疑地张望四周，我看清他脖子上有胡须没刮干净，"你们都把巴黎说得仙乡似的，究竟巴黎能有什么？"

他能这么说，我已对他很有好感。巴黎有什么好？一个人问出这问题，其实同时也给出了某种答案。

我既然在巴黎厮混过几年，又如此眷恋巴黎，我便有义务周旋老雷的疑问。看得出，他是为理解小虹而关心巴黎。他第一次踏足塞纳河，很难一下子让他说出塞纳河和黄浦江的区别。

"巴黎有老雷你给不了小虹的东西。"我一开口立刻后悔了，我简直不知道这句话怎么突破我素日的谨小慎微飞到新桥栏杆边。这话说完还不飞走，好比蜂鸟流连四周。

可以想见，雷绿川习惯性地皱起了眉头，他反感我轻率地消费他和小虹的关系。不过，他还是尽可能温和地追问："那是什么？"

我慎重掂量着我的答案，不让它出口。后来，我也温和地答："自由、平等和兄弟之爱。"

雷绿川双手撑在桥栏上，眺望巴黎圣母院。他说："自由、平等、博爱。"

"'博爱'翻译得不好，"我解释说，"那个法文词的直译是'兄弟之爱'，也代表'无私的爱'。"

"你说得好！哥们。"老雷心悦诚服地点点头，"我给不了小虹这些个，所以这些年我心里总放不下她。"

我觉得老雷说的东西和巴黎这里推崇的东西不是同一种东西，但一言难尽。

我伸手接雨水，但雨已经停了。

塞纳河里时不时驶来坐满各国游客的游轮，即使倾盆大雨也浇不灭游兴。一堆堆游客穿着塑料雨衣坐在露天座上，把看到的一切囫囵吞进记忆。也有些游轮更适合老年人，老人坐在玻璃舱房里，喝着咖啡，吃着金币换的龙虾，度过一个拥有塞纳河河景的下午。老雷该先去坐坐巴黎游轮，我记得他是在中国内地的一条湍急的河流边长大的，他不可能懂得小虹这些年在巴黎度过的时光（如果她离开我们就到巴黎居住的话）。

我心里慢慢漫起一股子久远的恶毒，我想起了老雷干过的某件往事。我假装不经意地看着塞纳河："老雷，你小时候住在江边上，那条江比塞纳河宽多了吧？"

"那是自然。我们的大江没被驯服。浩浩荡荡。"老雷自豪地回答，泄露出乡音的一两个模糊音节。

"我们实习那年，记得那条江发生过一起三百多人死亡的船难，"我假装无意间回忆一起灾难，"报上还发过《船难目击记》呢。"

我眼梢里看见的老雷不动声色，漠然哦了一声，望着塞纳河的远方。

"咦，我记起来了，那篇占据报纸一整版的《墨江船难目击记》不就是老雷你写的嘛！"我转身过来看着他。

老雷像没听见，沉浸在某种冥想里。我也不言语，等他回答。

"哦，是的，是的。"他点点头。

"我当时想不明白，"我凶恶地提醒他，"你和我们在一起实习，船难的日子你又没离开上海回过家乡，你怎么目击的呀？还能为报纸写出那么多'特约记者'眼见的事故细节。"

老雷嘿嘿两声，指指新桥对面一个小小广场："我们去那里坐着喝咖啡吧？你这家伙，从小看到大，你能饶过谁？"

我俩在各种肤色、端着各种相机的游客间穿梭，时间反过来流逝，我和老雷仿佛又回到了长满法国梧桐树的大学校园，迎着食堂里跑出来的大群校友疾行。

我和他这会儿回暖在二十多年前的热血里，游客们看不明白我们的特别，他们漫步现实，如长脚的鹬用相机镜头叩击大河蚌。

老雷选的是家特别装模作样的河边咖啡馆，侍应生都穿僵硬的古典制服，好像我们是来消遣的公侯伯子男。我瞥了眼价目单，简直抢钱。

老雷满不在乎地把双肩包里一个塞得鼓鼓的手提牛皮小包掏出来靠桌上墙边一放："好好请请你，老朋友。咖啡之外，再来点甜品吧，巴黎甜品好。"

我没吱声，掂量自己是不是还有余下的能量把刚才的话题继续下去。义愤好比活着但沉闷多年的火山，刚才对准老雷喷发了一下。

老雷点着咖啡甜点，对我笑笑："还那么愤青？你要学会原谅。我那时候什么也没有，好像搁浅在你们上海滩涂上的跳跳鱼嘛！我在那条江边住过，知道那条江，我想象得出船在那江上沉没是怎么个景况……我哪有钱赶回去采访？就是回去了事情也早过去了。你们本地人，有爹妈照顾，个个洋气机灵小聪明。你们不需要体会我当时心头那种着急。"

我喝了一口咖啡，虽昂贵，竟昂贵得有理；我试了试巧克力蛋糕，身体是诚实的，它不带偏见地拥抱美食。这咖啡馆并不全是骗人，正如老雷对自己做的辩护。

我的义愤慢慢减灭下去。我对老雷露出笑脸："看你现在混得人模人样的，我们本地人过得还是老样子。这证明一个我们可以单独谈谈的真理：人的退化过程就是人变得越来越得体的过程。"

雷绿川没顺着我的心思谈下去，他品着咖啡，尝着蛋糕，忽然说："不晓得小虹如今怎样？我对她说声抱歉毫无意义，但我可以在经济上补偿她。我想这还来得及。"

他这么一说，我忽然意识到自己的鲁莽：我和雷绿川已多年未联系，我也从没关心和打听过他的近况。他现在到底什么身份，在干什么，我都很"清高"地放过了，不曾询问。既然我和他把话又说到这么个份上，该晓得的或许应该请问他一下？

男人之间，点点头擦肩而过就算了，一旦要深谈，就绕不过，要落到彼此此时此刻的社会地位上，否则从何谈起？

他应我的要求翻出名片递给我。我哑然失笑：我们系的毕业生还能期望什么更好的位置呢？他成了大城报业集团的副总裁，主管他表现过其天才的领域：新闻报道。

他没要到我名片，我已多年没使用那玩意儿。我概略说了这些年我到底鼓捣些什么，以及靠哪种与我们共同专业风马牛不相及的营生吃饭。我相信我说及自己日常事务时不卑不亢。明眼人看得分明：我和老雷已没了可比性。

雷绿川听了我的话，明显增添了自我肯定，他咬蛋糕的动作本来模仿周围法国人，显示出入乡随俗的善意，突然一下子不耐烦，又像个不在乎被周围人评点的大佬那般歪头啃起来。

我晓得并没什么法国人注意我们，或有兴趣嘲笑我们的吃相，不过，老雷再明确不过地显示了他的内心：他大概觉得我怎么看他都无所谓。

他甚至得寸进尺教训起我来："你这样子浪费自己的天资和才能，难道扶桑没意见？从前我们的导师对你寄予厚望……"

我给了老雷一点惊奇。我打断他："我们之间还说这种话？你坐那位子，最明白我这种人在如今的集团里有用没用，这方面你就别再忽悠我吧。我现在这样子，倒说不定能替你把把脉，看能为你或小虹做点什么。"

"是啊。"老雷应声。他看我如此通情达理，肯定觉得那天临时起意跑过来"利用"我是他长期养成的素质即时做出的正确判断。

卢浮宫那边还悄然无声，我们喝完咖啡，磨蹭了一会儿，终于起身沿着塞纳河瞎逛起来。还好，雨没再落。

逛河那工夫，我问明白雷绿川当初是主动追倪虹，倪虹本有个外系的男朋友，我见过，高大得像有两个倪虹的身高，明显不般配。

老雷告诉我班里东南海滨来的阿鲧也喜欢上倪虹，有一阵子倪虹把他俩塞在班级信箱里的情书都搞混了。后来，阿鲧失去了耐性和风度……

第四杯咖啡

我和老雷在中央市场附近分手，他想去给"社会关系"买点"应手礼物"，我则回旅馆洗澡睡上一觉。和扶桑出来旅游是硬活儿，睡一觉对我有好处。另外我是什么人？能陪老雷选购礼物？真把我当导游地陪吗？

醒来天已全黑，窗上镶着巴黎灯火，远不及上海之夜明耀。就算远处的埃菲尔铁塔，也不过黄黄地缀着一身灯泡而已。叫我吃一惊的是扶桑安宁地坐在沙发上，托着腮，正笑嘻嘻看我。

"醒了？老雷如此无趣？"

"真没意思，"我叹道，嗓子干哑，"到了朝思暮想的巴黎，却成天被无聊的故人耽搁。"

"嘻嘻，这就是你。"扶桑准确地逮住我睡意蒙眬的话，"宁愿在美术馆温孤家寡人之梦，不愿意观看现实人生。"

"现实人生？"我脑子一闪，想起来了，"你见着倪虹了？她来了？她都失踪多少年了！我记忆里她还是个说话含羞的女生。"

"倪虹来了。"扶桑粲然笑着，坐得安稳，仿佛一只猫吃完了三条鱼，心满意足不愿意叫唤动弹。

"她好吗？在巴黎工作？有几个小孩？"我穿着衣服，按捺不住好奇。

"倪虹，倪虹。我今天才见识真正的倪虹。"扶桑笑着摇摇头，"你快收拾一下，我和你下去好好喝杯咖啡。没咖啡香，辱没了倪虹的故事。"

　　我还是决定把扶桑晾在那儿自己进浴室慢慢冲个澡。我让温水从我头颅上淌下来，感觉时光就那样从我额头上流走。倪虹？倪虹虽然不关我什么事，但她是我们班一道公认的伤疤，青春的淤青仿佛还与这名字紧紧相连，抹之不去。

　　我们忍不住上了街，名人祠另外一边某个拐角上有家不起眼的咖啡馆，是我在索邦上学时常去喝救命咖啡的。我怀疑它是否还在，我甚至有点忘记怎么从卢森堡公园走路过去。不过扶桑兴致高，对我不像往常那般苛刻，她随着我迷了十几分钟路，我终于找回了蒙尘已久的记忆，一脚向左转，神奇地出现在什么也没改变的小咖啡馆门口。哦，不是什么都没变，店员变了，几个老头儿变成了年轻女人们。

　　我无法向扶桑解释我涌到眼眶的泪水，这大概仅仅是突如其来的怀旧而已。跟倪虹比，倪虹属于更久远的时空。我和扶桑，将在旧日的咖啡馆里谈论旧日之旧日的倪虹的今天。

　　"我见到的完全是一个巴黎人，不是一个上海女人。"扶桑等我点了长咖啡，立刻忍不住说起了倪虹。

　　我呷了一口长咖啡，喉咙里发生的刺激如一支细小水柱般冲向后脑勺，一瞬间我想起的不是和倪虹在一起上课的班级，而是索邦的法语班。索邦的法语班里什么国籍的学生都有，中国人除了我，只有一个北京大姑娘。不过，扶桑热烈谈论的是倪虹，作为巴黎人的陌生的倪虹。

"她不见老，她看上去比裘小雯、老雷和你都要年轻。我说的不是皮肤和身材显示的年轻，是那种态度，那种自然的、她生活在其中的环境酿造的态度。对了，何不直接就说是风度？倪虹风度像一阵阵清风吹来，你们裘小雯立马就扛不住了，被比得跟开过花的桃枝似的，还好有我，东风才挨住了西风呢！"扶桑真心兴高采烈。

跟我在一起过日子，扶桑感叹过她那种不容易。我笑笑，轻描淡写："还是你妈说得好，世界上人开口说话的主要目的之一是……"

"是夸自己。"扶桑干脆替我说了，"我夸夸自己吧。倪虹被你们说得仙女似的，原来并不比我怎样。"

我淡笑："那么倪虹过得不错？她嫁的是法国人还是中国人？"

"这个嘛，我和裘小雯都不知道她到底嫁没嫁，不过她让我们看了她两个孩子的照片。混血青年哦，一男一女哦，长得好不动人！"

我正要说话，眼睛看见咖啡馆柜台里添了张熟脸。那张脸从记忆织物的某个针脚里被钩针挑出来，刺眼地浮在那里。那人看着我，我回看过去。

我站起身，犹豫着朝那老男人走过去："您还记得我吗?"

咖啡馆老板困难地抽搐面部肌肉笑了："你是一个学生，很多年前老是在这里喝课间咖啡。"

我握了握老板如同一把枯枝的手，告诉他我今日是旅游者而已。

我祝他健康，然后走回来坐回座位，对扶桑说："既然倪虹过得好，那一切都好了。我看最好还是让老雷跟她见上一面。我们都只是人类嘛，都是尘土上的贱物嘛，面对面、眼睛对着眼睛，互相就会原谅，很多事就会过去的。"

扶桑的表情证明这家店的咖啡特别能提神，她神采奕奕地看着我："你知道裘小雯提起雷绿川，倪虹怎么个反应?"

"嗯?"

"倪虹看上去不是装的，她愣了半天才回过神来，像是记忆褪色得厉害。她那口气我还记得，喏，我学给你看!"扶桑兴奋地推开自己的咖啡杯。

我看见记忆中的年轻女生倪虹歪过头、眼神飘忽，像是手提抄网在池塘里随机打捞，拿起来看几看，终于看见一条蝌蚪。倪虹凝神望着裘小雯："他哟？他一定在上海滩混得挺顺当的吧？我觉得他一定能当上什么官儿！"

学完了倪虹，扶桑笑嘻嘻看我："人家早把雷绿川忘到九霄云外去了。这和我的想象没矛盾！"

我把最后一口咖啡灌进喉咙。如今见识多了，这咖啡品质一般，但还是让我满足，只因为它那滋味和我记忆里的毫无二致。我喜欢久别重逢时不变的一切，不敢细看那些已变化或进化过的因素。我是个胆怯和容易被时间伤害的人。但愿老雷不是。

"不能光看表面吧？再说有你这生人在场。"我挥挥手。

"别不相信我女人的直觉。"扶桑警告我，她常常在这种小节上突然同我翻脸。

"好吧，好吧。"我心里打躬作揖，"既然如此，何不还是让老雷见她一面？多不容易做一回人！坎跨过去，大家都好！"

"裘小雯都提了。裘小雯简直把老雷卖了那样说明了老雷所有的心事。我想，裘小雯是替老雷觉得累，她想倪虹出来当一回宽宏大量的神，把老雷的心病治了。"扶桑笑道，"你们系的人都一根筋。文科生，没办法。"

"怎么？倪虹不配合？"我猜道。

"也不是不配合，"扶桑把自己的咖啡杯推给我，"你喝了吧，我够了。她没说好也没说不好，就感叹一句'他也在巴黎啊'，立马把话题扯开了。"

"那就说明问题不像你直觉的那样子简单。"我笑了，"你们女人什么都可能，就不可能原谅伤过自己心的人。除非倪虹当初不伤心，但她不可能不伤心。"

我喝着扶桑的残咖啡，扶桑环顾四周："你当初就在这附近上课？这地方和我想象中的拉丁区不太一样。我想象的拉丁区更浪漫些哦。"

"你只要不把红磨坊想象到这儿大学区来就行。"我哈哈大笑，"我们来这里是学习，不是泡妞。"

"以为我会信你？我不在乎罢了。"扶桑撇撇嘴，"倪虹混得不错。从她外表上看得出她的滋润。我要是老雷就算了，心意嘛，小雯也替他传到了。回家好好对老婆，过日子。"

"我得问你一个问题。"我斟酌自己吐出的言辞，"你觉得倪虹性感不？以你女人的直觉。"

扶桑嗤了一声，才要回话，我摆摆手："别肤浅理解我的问题。扶桑，我怎么觉得这是一个我理解老雷的障碍？"

扶桑不相信地观察我，眼里流露的神色让我感到不安。扶桑说:"你也好,老雷也好,你们男人都一样。"

　　我觉得我在为老雷牺牲我自己。我摆摆手:"你可不可以先回答我的问题?"

　　扶桑声音提高了:"我是忘了告诉你。你提醒我了。倪虹对裘小雯总结了她和雷绿川那回事。"

　　"什么?"我挺直了背,对扶桑一笑。

　　"倪虹告诉裘小雯事情和你们想的都不一样。倪虹请裘小雯别忘记她作为闺蜜心知肚明的一个事实。"扶桑慢条斯理说着。

　　"啥?"我笑,"别吊我胃口。"

　　"倪虹说,到了如今说出来也无妨。她从来很自卑,因为她是大平胸。她基因如此,胸脯小得可怜。倪虹认为男生当时都被她的羞怯吸引,不过,他们色鬼的本性终会让他们做出背叛的事来。早点晚点而已,老雷不是第一个。"

　　"啊?"我感叹得张开了嘴巴,像个乡巴佬。

　　"怎么样?说到你心坎里了?"扶桑笑着看我,好像我又成了事件的主角。

　　管不了,我心悦诚服。

　　我拍了拍咖啡桌子,两只空杯子一阵舞蹈:"如果我和小雯去,倪虹哪会说这话?赤裸裸的生活真实啊!好像地裂开了让人看见化石。我靠!"

"而且,"扶桑又摇摇手,"倪虹说'东方不亮西方亮',她来对了。欧洲男人喜欢的东方女人就得是大平胸。胸大无脑的,他们这边多的是!"

我笑得很尴尬,我脑子里一点没色情的投影。倪虹在欧洲人地盘上像西方人那般说着她普普通通的认识,我觉得可怕。可怕的不是倪虹,是我和老雷,也许更是老雷。我只是没习惯往那边想,老雷恐怕是长长久久欺骗自己。如果他真像他如今表现的那样对倪虹念念不忘,是真爱,当初他就会毫不犹豫把任何好东西都留给她,宁愿自己回他那不驯服的江边去。

我明白,有些毛病是会传染的。扶桑现在暂时还在琢磨老雷,再持久下去,她就要来琢磨我了!

第五杯咖啡

次日,我不管不顾一个人早起奔阿莱西亚而去,想去当年住过的街区到处走走。扶桑决定睡个懒觉再来同我吃午餐。

若硬拿巴黎中心偏南的这个街区和上海相比,我个人认为像上海静安寺往愚园路去那一带。阿莱西亚是地铁四号线挺显眼的一站，出了地铁口差不多就是地区教堂，看得见河马餐厅，也转头看见电影院。河马餐厅不赖，傍晚总是高朋满座，我当年做穷学生，只有立定了往里头看看的份。电影院票价也贵，记得要八十元人民币左右看一场。不过为学法语我咬牙买过一张会员卡，可以看一百场电影，算下来每场有个可观折扣。

我曾住在海阿勒夫人家里，自己做饭，到电影院起头的这条小商业街上来买菜。记得有一家旧书店我是走过必要驻足的，门口硬纸箱里能淘到好书，我的原版《危险关系》和普鲁斯特的书都是这里买下的，每本全一口价，约值十二元人民币。左边还有一个奉行国际采购的家居用品店，能找到很漂亮的东欧玻璃杯和非洲茶壶。我坐地铁四号线时就轮流怀念这些老地方。

巴黎的魅力大概正是无论你离开多久，回来总觉得走进同一个巴黎。我几乎噙着泪走进显得更老旧的电影院，售票口不再坐着那有两个下巴的老头。换上去的新老头狐疑地凝视我这外国人，我告诉他我曾在这里看过一百场电影，不过我的法语还是不好。老头点点头："法语是跟女友学的，不是跟电影学的。"

我匆匆跑向旧书店，书店还在，只是书价高了。家居用品店不见了，毕竟，十多年过去了。猛然间，我看见了那家理发店，一个散开头发的肥壮理发师从我记忆中跳出来。

劳航？对，他的名字就是劳航。我咧开嘴笑，想起了那些理发店里的趣事。

我走近，往玻璃窗广告文字间隙看进去，里面亮着日光灯，一个宽大后背对着我，老劳航正起劲地和一个客人唠嗑。要知道，巴黎理发一般都是隔天预约，这么直接走进去，他未必肯做你生意。但我只是想和这几百年没见的家伙贫贫嘴。

老劳航漫不经心抬起头来，当年四十多岁的汉子如今真添了老态，不过，那只红鼻子和向下杀的嘴还很有能量的样子。我笑道："店还开着呢？到底是一条街只许办一家理发店的政策好。"

他使劲打量我，拼命回忆，猛然笑了起来："是你？中国人！"

巧得很，理发的那位站起来付款，打声招呼走了。劳航乐呵呵做个邀请的手势，让我坐上理发椅。

"好巧，我来旅游，正好你在店里。"我说，"剪个短发吧。"

"我可老不在店里的。你来得正好。"老劳航卖乖说，"我老婆马上就来，我俩得去饭馆吃午饭。"

"法国把你这样的家伙宠坏了。去中国看看，一条街上十家发廊。饿不死你！"我看劳航表情不像当年那样高兴随和，"当然，你是艺术家。"

他大概记起自己吹嘘过"理发师也是艺术家"，终于不好意思地笑了。随着他的笑声，一位挺苗条的夫人推门走进来。劳航介绍那是他太太莎拉。

莎拉比劳航还热心，听说我是好些年前的熟客，问长问短，不由分说到里间鼓捣了一会儿，端出一杯热腾腾的小黑咖啡请我。

我倏然像被一个地心引力一拉，回到了我意识中的真巴黎。我此刻再一次是个巴黎居民，不像是旅客。这太奇妙了，劳航吹嘘着我错过了的好几回罢工。如果巴黎人不罢工，按他的说法，就会变成我这样一个绵羊兮兮的中国人。

莎拉告诉我隔壁菜市场发生过惊天动地的事，菜市场老板因为老婆有了情人，不声不响磨利了他切肉的刀。不过，他老婆很机灵，在他发动的那天把那些决斗的利器藏了起来。菜场老板和他老婆的情人搂抱着厮打，滚过理发铺子前面的人行道，一直翻翻滚滚到旧书店门口，把旧书撞得洒了一地……劳航笑这个故事，莎拉对我耸耸肩："先生，这就是生活！"

我头才剃到一半。于是，就在这阵笑声里，我把雷绿川和倪虹的故事大略讲给这对夫妻听。他俩竖起耳朵，听得屏声静气，仿佛生活里缺少的不是新鲜空气和维生素，是漂亮的八卦故事。

莎拉满足地叹了一口气，劳航一边打薄我的头发，一边给出评价："爱情这东西，怎么说它呢？"

"你确认这里头有爱情？"我端起咖啡，吹吹它的烫，"你们法国人是爱情专家。"

"唔哎……"劳航吐出犹豫的语气词，"男人抢着去工作嘛，不是什么坏事。你想，只要他娶了她，让她在家里不上班不挺好？"

我从没以劳航这种思路评估雷绿川。我很感兴趣，转头问莎拉："夫人，你的看法呢？"

莎拉挥挥手，像要把劳航的蠢话赶远些："那是中国，五百个人抢一个工作！蠢货！"

我笑了："的确不是一条街只能有一家理发店。生存就是竞争。"

莎拉哈哈大笑，然后她体贴地拿块软布擦掉我脸上的碎发："爱情嘛，我看多少还是有的，一个人那么些年惦记着你，怎能说没爱情？他还想给她钱补偿她，能够让钱变得无所谓的，还不就是爱情？"

"等等，等等，"劳航一下子把剃刀从我耳边举起来，"有的东西女人是容易忽视的！我的意思是时间！很有可能当年这男的不怎么在乎这女的怎么看他，可是，后来，二十多年他见了很多很多人，他终于明白了很多幻想并不可靠，所以他后悔了，他觉得当年做了一个糟糕的决定，他意识到他毁了他自己，所以，他想找到早已不见的她！"

"那么，可爱的先生，"莎拉面带嘲讽对老公耸耸肩，"如果是这样，就证明了你们男人的愚蠢。他来到巴黎，找到她。他到底来干什么呢？时光不能倒流，伤疤不能抹掉。他想要什么？难不成是为了拯救自己的灵魂？"

劳航被老婆将了一军，停住了手，把我晾在理发椅上，偌大个子，捏着剪子呆若木鸡。

"灵魂怎样才算被拯救？"我问莎拉。

莎拉也住了口，被我问得说不出话。我们三个呆呆地互相打量，简直在理发店演哑剧。

还是巴黎女人有智慧，莎拉忽然坚决摇摇头："要拯救自己的灵魂很简单，让他把自己挂在十字架上，送到那女人手里去。"

我醍醐灌顶。劳航替我问了一句："听凭她处置？"

莎拉冷笑着看劳航："还想怎样？"

第六杯咖啡

回到圣米歇尔街和扶桑吃了日本餐，弄明白如今巴黎的日本餐馆可能都是华人的买卖。

我们意兴阑珊，忽然不想多走路，哪怕这是在巴黎。我们信步走进卢森堡公园，走到中央草坪边，拉开铁皮椅子坐下，呆呆地看种得好好已开始微微绽放的醉蝶花。那紫色带点红调的十字花目细长花瓣伸展开来，并不像蝴蝶，却比蝴蝶的色彩形状还撩动人心。

扶桑打个哈欠："我想家了，我意兴阑珊了，我没睡够，我下午宁愿再睡一觉。"

我们望了一会儿端庄的卢森堡宫，看着周围人没心没肺懒在巴黎的天色里。对于这些人，坐在卢森堡公园发呆就是他们人生的一部分。对于我和扶桑，这只是体验他人生活的一个瞬间。我们会回到洪流般的生活里去，和我们自己的城市一道没命旋转，没命地发展，去到由不得我们做主的明天。

"老公，"扶桑忽然成了一个娇弱的女孩，猛地从艳丽强壮的大丽花蜕变成一朵风里飘摇的单瓣波斯菊，我见犹怜，"我们回旅馆吧。我真的很困，浑身也没有气力。"

我们顺着圣米歇尔街走，我使劲嗅着，巴黎的气味没法形容，却独一无二。等我们拐到索邦神学院前广场上，一对大学生正演奏萨克斯风。我眼尖，看见裘小雯端端正正坐在喷泉石阶上，欣喜地朝我们微笑。

扶桑一阵失望，担心自己的午觉泡汤，不过，裘小雯很文雅地说："你们逛了哪里？我来找葛兄喝杯咖啡，不会耽搁太长时间。"

"找我？不找扶桑？"我笑嘻嘻问。

扶桑抢过话头："我瞌睡，你们聊吧。我上去了。"

裘小雯和我目送扶桑走进旅馆，她朝我们摆摆手，笑了一笑。我转身问裘小雯："雷兄呢，他不来？"

"我可不可以单独和你聊聊？"裘小雯露出点怯怯神色，"我怕我有点搞不定。你这回碰到我们，我想也许是老天安排。雷绿川有点不好啊……"

我拦住她："没事没事，别紧张。我们就在这里喝咖啡？"

裘小雯嫌索邦门口太吵，我们往圣日耳曼大街走，走过罗马澡堂子遗址，就斜穿马路在第一家咖啡馆门口坐下来。我点了杯意大利浓缩，裘小雯要了热巧克力。

"葛兄，扶桑告诉你了？我们见到的倪虹变得我不认识啦。"

"你觉得小虹怎样？境况好不好？恕我直言，老雷还有希望同她重修旧好吗？"我决定打断裘小雯的婆婆妈妈啰唆劲。

小雯看我一眼："葛兄，你也是快人快语。我一见小虹，我就替老雷喊'坏了'。哪里还是我认识的那个小虹？今天这个，就是个法国婆娘罢了。"

"哦？"我没想到裘小雯能有如此戏剧性的看法。

"现在关键不在倪虹。"裘小雯接热巧克力杯子的手微微抖动，"老雷其实已经很弱了。昨晚他听了我同他讲小虹，他喝了好多酒。你知道，不瞒你说，我确实为这事得了老雷的酬报，可我现在有点害怕。"

我细看裘小雯，她为什么要收老同学的钱，她混得不好，还是她爱钱？

"你只是听他说几句不着边的。葛兄，我现在就告诉了你吧：老雷活不了太久啦，他得的是肝癌。"

"哦。"我听明白了裘小雯的话，"嘿，生这病还敢喝高？"

"所以我怕了，"小雯点头，"到了法国，前头一次酒都没喝，一听小虹不怎么在乎他，就喝成这样子。万一出点事，我怎么办？"

"他太太不知道情况？"我问，"你们把事情都瞒住了她?"

"什么太太呀? 老雷早离婚啦。他都离了三次婚你不晓得? 你和咱们班生分得就跟小虹似的嘛! 老雷和三任太太都过不下去,又没生出孩子。"小雯恨恨看着我。

我微微一笑:"真为了小虹?"

"我不晓得。他从没这么说过。"小雯摇摇头,"可你看他这种样子。"

"你告诉小虹他病了?"

"没有。这个他坚决不许我说。我现在自作主张告诉你他病了,是我怕出事。"

世间的事,有时候怪得像巴黎那些小路,你从这头走入去,那头出来未必是你预料到的地点。

我不晓得为什么就想起老雷从双肩包里掏出那只鼓鼓的钱包,他现在花钱的模样很具观赏性。他也许明白了大约还能花多少次钱,现在就算大手大脚恐怕也花不完他积攒的了。对于他,钱财已不是什么宝,大概只是一种随时来帮衬他的无生命的朋友。

我感到突发的惨然,一仰头把整杯咖啡喝尽了。意大利浓缩还是该放块方糖,这样喝太苦,就像杯中药。

我眼前全是睡在我上铺的那个大男生雷绿川,他那时虽小气,其实待我还挺忠诚的。他拥有一点奇怪的不该属于他这种山城子弟的小资情怀，对上海女生特别另眼相看。他追倪虹的时候我隐约觉得他自卑，他谦恭地偷偷请教我该怎样穿衣打扮，甚至请教我上海男生一般留什么发型、该去哪家店找理发师傅。

然而，雷绿川同时也是掩饰不住自己天生傲气的人，一旦事情进入其他领域，他绝对全力以赴争强好胜。我看见他有一次对我们那个城府深深的班长发飙，班长改口用上海话贬低他，他竟跳起来横扫过去，狠狠踢了班长三脚。上海人是动口不动手的，班长被踢服了，不过雷绿川也成了人人皆知的野蛮人。有段时间他很孤立。

他开始追倪虹就变得日益低调随和了，有事没事总对人笑，还努力学说上海方言。我，自然就是教他学说上海话的那个人。那是我和他交往的黄金期。

"我只求倪虹答应和老雷见上一见，我的任务就完成了，我就想回去了。我怕对不起老雷，你看，这都什么时候了，他这回留下遗憾，就是终身遗憾了。"裘小雯说完这些，心头肯定一下子轻松了好些。她把那些消费不了的东西扔给了我，尽管我只是个陌生的同学，但毕竟我们曾是同学。

"我还能为你为老雷做些什么呢？"我温和地笑笑，"你还曾是小虹的闺蜜，我可什么都不是。"

"你曾是老雷的好朋友吧?"裘小雯一把揪住我不放,"就算你帮帮他。"

我只有苦笑了:"我能帮自然可以帮,但我只能安慰安慰老雷。"

"不是。"裘小雯试探地看我,"你可以帮老雷去见倪虹。"

"开什么玩笑?"我笑着摇头,"你们大概全心乱如麻了吧?倪虹不把我赶出来才怪!大学四年,我才和倪虹说过两三次不淡不咸的话。"

"不是,"裘小雯摇摇头,笑了,"倪虹松口了,说见见老雷也不是不行,但不要我在场。"

"那不是太好了?你确实不该当电灯泡呀。"我想裘小雯也语无伦次,简单事情搞复杂了还回不转头,"让他俩自己见面多好?"

"但倪虹坚决不想单独见雷绿川。"裘小雯盯着我眼睛,吐出一句。

我被她搞晕了,眨巴眼睛,一时间说不出话。

"倪虹说如今得有一个旁观者。她必须在有旁观者的前提下才见老雷。"裘小雯微笑。

"那么,我们家扶桑……"

"你没懂小虹的意思,扶桑是个陌生人。"裘小雯的笑容加深，直视着我。突然我觉得她也未必不是个老谋深算的人。

我直觉到局部的真相和一个陷阱："哦，小雯，你是不是把我给卖了？你告诉倪虹我在巴黎？"

小雯露出抱歉的神色："不是故意的，因为老雷喝得我害怕，我半夜打了倪虹的电话。倪虹不要我陪，我只好提出由你陪老雷去。"

我百思不解倪虹为什么能容忍我参与她与老雷的私密。我像一只看不清楚周围状况的狐狸那样犹疑不安。我摇摇头："裘小雯，你知道，我没这个义务。况且，我和老雷的友谊并没延续到今天啊。"

我在她的沉默里等待她的同理心，不过，裘小雯出乎意料扁了扁嘴，老大不小一个女人，学着小女孩哭了。泪水无声涌出她眼眶，顺着脸颊的凹凸疾疾淌下来。她这番做作，一下子又让我回忆起她边从寝室走出来边当我面系上裤子皮带的模样。

我摆摆手："你先别哭，让我想想。我不明白小虹的意思。我得弄明白她为啥要我作陪。"

"你不用想了。我这就让你明白好了。"裘小雯像个负气的小姑娘嘟起嘴，"当年我有一阵子觉得老雷是才子，我可没瞒着小虹。所以，你明白，她觉得我在场不妥当。

还是你合适，合适当旁观者。"

"哦，我有点明白了。"我好笑地对裘小雯挤挤眼，"但我不明白她为啥需要旁观者。"

"这我也猜不透。"裘小雯掏出餐巾纸擦着眼睛，委屈地摇摇头，"她没解释。"

我请裘小雯宽坐片刻。我走上旅馆房间去，扶桑正洗了头发在吹风。我拿起梳子替她梳，告诉了她他们希望我做的事。扶桑听见老雷的病一阵惨然，恍然大悟，简直刹那间有特蕾莎嬷嬷的好心肠。

"你去吧。倪虹也没什么不对。如果是我，也希望有个旁观者。过去早已经过去，对于搞不清时间的人，需要有个旁观者提醒。"她自命不凡地宣布她理解到的东西。

"哦，你这么想？女人的直觉？"我笑着摸摸她还湿润的头发，"我还得下楼去给小雯一个回复。"

上午并没有喝咖啡

直到我敲打着键盘写下这段往事的今天，我还在琢磨倪虹为何邀请我先单独去同她游园然后才安排一起会见雷绿川。裘小雯把拨通的手机递给我那一刻，我一听见倪虹不留心说法语的"喂"，就忍不住显摆自己，也回答她法语。倪虹愣了愣，仿佛大喜过望，和我说起法语来。这令我自在，因为裘小雯不能旁听我们的对答。

倪虹说真没想到我竟然也出现了，太意外了。不好意思要打乱一下我的旅行计划，让我出面帮衬她和老雷会一会。

她似乎说完这句有些尴尬，但听她发出一声尬笑，我几乎看见她同时耸了耸肩。我说没事，我可以把老婆留在旅馆里，反正她已玩累了需要歇口气。倪虹不啰唆，简单直接就说："那好，不能白利用人。我带你先去哪里逛逛。你还有哪里没玩过？我开车去。"

我回到旅馆，把所有细节都向扶桑汇报了一遍。扶桑把头发包在毛巾里，毛巾扎得像《一千零一夜》后宫妇女的帽子。她眼神闪烁一阵，有点遗憾地叹口气。我明白，她恨不得化身成我，去坐在老雷和"林黛玉"中间，看他们怎么唱这一出。

扶桑说："好吧，那么我和小雯一起去凡尔赛吧。回来你告诉我故事，不过，你千万别给人家出什么馊主意！"

我仍问扶桑："倪虹为啥要人当见证？她想干啥？"

扶桑又使劲儿想了想："都有可能。她想让你见证她宽宏大量，这最有可能。她说不定会大骂老雷，把几十年的苦汁全吐出来，吐他一头一脸。没人看着能有啥意思？

或者她真把老雷忘得一干二净了，只希望你在一边镇住老雷，不让他发癫丢人？反正，什么可能都有。你沉住气！"

"Bon courage!（加油！）"我笑了。想到能见着倪虹，不知道为何有些小小的期待和喜悦。

巴黎自然是寸土寸金的城池，上海再了不起，同巴黎不可同日而语。我特别佩服巴黎人能把罗马人荒废的公共澡堂用铁栏杆这么一围，成百年地让时间和地块沉睡在绝对的市中心，左岸圣米歇尔大街和圣日耳曼大街交会处。这好比是上海南京路西藏路口啊！巴黎的房地产商全得恨得咬碎钢牙。

我就在这点上站着，等二十几年没见的咱班的"林黛玉"来接我去枫丹白露一游。老雷他没这福分，这种福分往往都是安排给不相干的角色的。老雷也不必怨恨，照法国人的说法，这不就是人生？

倪虹没开什么豪车来。其实巴黎街头很少名车豪车，都是些雷诺、标致和两人座的SMART。停车位还特别小，直着排成一行行，移车换位时撞撞前车碰碰后车没人在意。倪虹的车停我面前时我没留意，呆望着对街的行人。雷诺的车窗玻璃降下来，她喊了我全名。

我拉开门，先钻进去坐下，才笑吟吟向左扭过头看她，我怔住了。

这不是倪虹！首先我不是说她整过容，其次我立马意识到正确的感叹应该是：她，倪虹，完完全全不是我印象中的"林黛玉"了。羞怯和内向的上海小女生倪虹大概汽化了，这里是一个活泼泼的巴黎女郎，身材也和巴黎女生般细巧。中国女人人到中年，比法国同龄人显得年轻。她也吃惊地看着我，仿佛我亦大变。从前我可能是堂吉诃德，现在我失去了长矛，近视到看不见风车，身体肥成了商丘……

倪虹发出一声法语的感叹"我的上帝"，她不顾后面的车已开始不礼貌地按喇叭，像法国女郎一般朝我倾身，把脸奉给我，我犹豫地凑上去，照着法国礼节足足左右亲了三亲。她的香气扑来，我心里一震……

我们从前真没说过什么话，也没打过多少交道。那时我对羞涩的女生无感，我喜欢像狐狸那样偷偷打量男生的充满主动精神的女孩儿。不过，此刻我感到非常自在，但凡说着法语，我和她似乎有相通的感应。

她开车机灵，说话飞快，告诉我今天她特意从她服务的奢侈品公司请了假。当然，孩子们都大了，不用她操心。我小心翼翼不提起她的婚姻，裘小雯和扶桑都怀疑她并没活在婚姻之中。我笑问："我们为什么去枫丹白露呢？

好远，要赶去赶回来。是为了拿破仑从那儿出发被流放的吗？"倪虹笑道："好没良心！挑了你们自己最难从巴黎去的地方啊。"

我们谈论着巴黎，也谈论着公司啦市场啦投资啦这些杂七杂八的事，我还给她详细讲了这些年的上海，到底我们留下来不走经历了什么又得到了什么。她父母家还在淮海路上光明村附近的弄堂里。淮海路，霞飞路，前世今生，难怪她会选择巴黎。

忽然间我们互相不说法语了，说起了我和她共同的母语上海方言，精确地说是上海公共租界和法租界区域的上海话。她的语调和她的眼神那样陌生也那样亲近，我们忽然意识到彼此具有难得的共同文化：上海弄堂和巴黎的空气。

我们高兴得很，像发现了新朋友。我忘记叫她倪虹，称呼她她的法国名字依莎贝拉。她也称呼我留学时的法语名哈乌勒。她取笑说这名字发音像上海话"瞎胡调"，我承认我正是为此而选的这名字。倪虹笑得乐不可支，我们在郊区公路上停了停车，出来在一棵大橡树下站站，她吸烟，我喝水。她吸烟的样子应该看看：望着远方，一手托着肘部，就是巴黎女子的腔调。

"那么，你为什么和整个班级都绝交了呢？我们所有人都二十多年没你消息。"

倪虹脸上细细的皱纹在日光下排列成好看的图形，她看上去比我年轻得多："嘿，'瞎胡调'，我们那么久没见，这些留到下午再说吧？我带你到枫丹白露，是想好好同你开心一游的呀！"

我点点头，不由得以法语道歉。一阵清风吹来，她身上淡淡的芳香又沁入我鼻孔，让我一愣。

"奇怪，你身上的香味。"我喃喃说。

倪虹扔掉烟头，很法国式地一笑，坐回了驾驶座。我们的雷诺又飞跑起来，暮春的法国中部平原太美丽了。还没开败的油菜花点缀着小小土坡，车绕着土坡开，黄色一片片高在我们头顶或眼前。

枫丹白露宫淡静无人。宫殿内不开放，我们只能在广大的花园里漫步。我有些不知深浅，不敢开口。二十多年前我们是不交往的同学，此刻，我不晓得在如此私密的单独相处中该采取怎样的姿态和话风才得体。

"真遗憾，你在巴黎待了三四年，我那时也在巴黎，但一次也没遇到。"倪虹说。

"巴黎又不是个小村庄。"我笑了，"再说，我就是三点一线一个穷留学生：学校、住处和咖啡馆。"

我们躲避阳光站到苹果树下，苹果花已凋，小小果子才露出圆头。一阵风来，她那种特别的体香再次袭来。

我疑惑地问："有件事真怪。为什么你身上的香味我记忆里有？事实上不可能有啊。能告诉我你用哪种法国香水吗？"

倪虹轻轻说："我没用香水。"

"嗯？"一阵空白，我毫无头绪。

她奇怪地瞧着我，薄薄嘴角有向上的笑纹："你还记得自己在大学里的形象？"

"我？"我奇怪她为何说这个，仿佛不在逻辑线条上。

"我？我在大学里就是个傻瓜呗。"我耸耸肩。

"不，"她摇摇手指，盯着我眼睛看，"那时你是个花花公子。"

我一下子窘得脖子发烫，不知道说什么好。倪虹宽慰我："这就是刚才乍一见你，我为啥吃惊。怎么你现在反而清纯起来，身上一点点纨绔味儿都没了。老老实实的呢！"

我不晓得如何同她说我这些年的际遇，正如她也不能在如此局促的相处里说清她离开我们之后的生活。我想了想，决定巧妙地回避她的问题。我们不能交浅言深，我们之间只有一个上午。

"我那时也未必是花花公子，就是我的西装花哨点呗，大概给了你这印象。我本来问你香水呢，你却绕到这上头来！"我打个哈哈，准备跨出苹果树投下的阴影。这树荫太小，难免让站在树下的人显得彼此暧昧。

倪虹笑了，她突然调皮地歪过头，眼神荡漾："你真可爱。我说的就是这香味。我身上有股特别的味儿，从来都是。你闻到过。"

"不可能。"我摇摇头，"那时我们之间没来往啊。"

"你忘了自己的青春？"倪虹带着批评口吻指指我，"这是一种中国式的自我保护和中年调整吧？你还记得同济大学组织的一次假面舞会吗？"

我眼前好比电影院降下黑白电影的银幕，浑身一震。啊？那股香味！我记起来了！

顿时，我手足无措，很快汗流浃背。这简直是一次预料之外的突然袭击。

倪虹笑了，意味深长："所以啊，千万不要把你们臆想出的倪虹当作我。难道你那样子紧紧搂着我跳了一晚上摇摆舞，都没想到那个挺开放的姑娘就是我？"

完了。我想，完了。太吃惊了。我不能思想。她的香味是我的久远罪证。

还好，倪虹突然间放过了我，她朝一个果汁摊跑去，我们冒烟的嗓子得到了两杯淡绿色冰镇的苹果汁。

端着迷人的果汁，倪虹说法语："现在请你告诉我上海如何传说我的故事。"

我们分享了她留在上海的哀婉的形象。倪虹有点闷闷不乐，她对我说："事情其实和你们想象的有蛮大出入，不过我能感觉你们对我的所谓同情吧。尽管我不需要，但我感谢。雷绿川过去自作多情，现在还是自作多情。下午你可不可以帮帮我？你活跃点，不要让他那种闷闷不乐的人把我们的聚会变成一个闷局。"

我耸耸肩。我能说什么？我说："为您效劳，夫人。"

"不是什么大不了的事。谁出门不踩到狗屎？"倪虹冷冷说，"雷绿川是不是有些十三点？抱着几十年前的旧事，还做什么文章？"

我按捺住冲动，我几乎想劝她不要对老雷不屑，想告诉她老雷已患了绝症。不过，不该由我做这信使。这不合适，不恰当，也不体面。我忍住了。

我只说："雷绿川是个认真严肃的人。不像我这般玩世不恭。"

"嗯，好吧。"倪虹点头，"你在，我就不担心了。好在你在，恐怕真是上帝安排的。"

我和倪虹没在枫丹白露找地方吃午饭，我们一路往回赶，到了巴黎，看时间充裕，才到克莱芒家海鲜铺子吃东西。倪虹说这由她请客，因为我帮她办事。

我有一点点怨恨她说穿那次化装舞会的事，这仿佛让我对她有了一点浅浅的男女私情，很可能影响我本来公允持正的心态。我在她和老雷之间本是个无事人，我暗暗疑心她这么做是为了建立某种我和她之间的片刻同盟，以便在处理老雷和她之间的事宜上占到微妙的上风。

我仍旧不断闻到她身上的气息，这气息无论如何总撩动我回忆遥远的年轻时的日子。

下午的三人会面郑重地选在莎士比亚书店，这书店有个不太像样的咖啡空间。这是倪虹找的地方，我想，她选那么个不宜久留的场所，恐怕并不符合老雷的设想。

我吃着奶油焗龙虾，和倪虹分享一锅诺曼底香料煮贻贝，我们此刻漫不经心聊着我们还记得的一些大学时代的趣事和某几个留下箴言的任课老师。我们仿佛是把主要花样留待以后先分头绣花边的两个织布工。我找了个机会终于问她："你先生是法国人？他做什么工作？"

倪虹噎住般沉默片刻，她也许想让我明白她的界限，她知道我在法国留学时间不短，能明白保持提问得体是巴黎礼仪的奥秘之一。她以法语答道："是的，孩子的父亲是法国人。并且，如果你乐意知道的话，他对我很体贴。

他是个完美的男人。"

我点点头，我很满意她这番庄重，因为她的回答给了我一种端庄的基调，这是我期待的，帮助我对下午要充当的角色建立起信心。

最后一杯咖啡

本来我想先到莎士比亚书店，看看狭窄的书架间能不能找到巴尔扎克小说的法文版，我常怀疑有些中译本并不是从法语直译过来，而是参考遥远的英文版。遗憾的是，我和倪虹把车停好远远走过来，雷绿川已像一个高大的东方士兵挺着胸脯站在书店可怜兮兮的狭小门面前。

老雷穿了很正式的夹克衫，如果你明白我的意思，就晓得是那种中国高级官员穿着考察基层的国产暗蓝色夹克衫。我猜他通常也是穿着这种服装出席他身为媒体集团副总裁必须出镜的种种官方活动的。我遗憾他这种败笔，有时候，我非常惊奇身为公务员的老同学们会不晓得这些外表因素不利于他们和客居他乡的女生进行情感交流。

看见他为了穿"正装夹克"没背双肩包，我立刻又意识到他手里直接提着那只装满了欧元和美金现钞的牛皮钱袋子。

我身边的倪虹仿佛有些畏怯，我感到她的脚步乱了一阵才稳下来。她和老雷眼神从一开始就纠结住了，仿佛两根空荡了很久的藤立刻绞在一起。我放慢脚步，让倪虹先走上去。这个瞬间，我明白他俩之间绝非任何东西都荡然无存。我感动，我觉得伤感，我甚至感到所有反感、怨恨、苦毒和烦躁都正在离开他俩而去，这一瞬间温情战胜了一切。两个曾经互相在乎的人经历了时间和空间残忍的切割，忽然间欢欣雀跃地想要拥抱。

确实，倪虹法国式地向老雷张开了双臂，老雷眼眸亮得如同天上同时出现两颗启明星。他的钱袋子如废料般掉落在地，他拥抱住了倪虹，一个浅浅的犹疑不安的拥抱结束了二十多年的物理隔离。

我捡起被老雷忘到九霄云外的丰满钱袋，听倪虹对老雷说："你还是老样子。"

老雷什么话也说不出来，我看，他很想就此哭泣起来，只不过周围的外国人逼他抑制住了自己的冲动。

我们坐进室内，游客大多选择坐在室外暖风里。我们点了三杯特浓咖啡，要了一些乳白色的牛轧糖。我喝了口咖啡，看见他俩四目相交却不说话。我悄悄站起来，想走出去。

倪虹刷地伸出手，一把捏牢我手腕："坐下。"

我红了脸，朝老雷挤挤眼："我上巴黎来当电灯泡，这可是始料未及。"

老雷冲我无比宽厚地一笑，仿佛竭力要讨好我："小葛子，你绝不是外人，你坐着吧，我也要你坐着。"

倪虹的声线卡得非常非常紧，上午我才和她在一起，这叫我明白她多么紧张。她胡乱问着她能记得的每一个同学，仿佛老雷是她雇来向她汇报调查结果的包打听。

对于认真的人和严肃的事情，我历来能压抑住我说说俏皮话的天性。我坐得端正，虽说手头并没笔记本和笔，但我让人感觉我就是一个记录员和公证人。

老雷眼神明亮了一阵，他精神头有些萎靡，我敏感地觉得他的病不容许他过于激动。但我没说什么，一个人能有多少如此珍贵的瞬间？我似乎能感觉到一大丛虚无的玫瑰和牡丹刚才在我们四周生长发展，盛开于我们三个渐渐开始衰败的男女之间，如节日礼花，无声地噼啪闪烁。

老雷叹了口气，我看明白他把胡子刮得干干净净，两颊和脖子都呈现整洁的青色。他的鼻梁比前几日都挺，嘴唇干枯些，但还不至于显露病容。倪虹笑道："难得见面，干吗叹气？"

"小虹，你容我说几句心里话，"老雷声音有些嘶哑，"也许今天不说，以后没机会说了。"

　　倪虹微微皱起眉头。我试探着站起来，她却轻声说：
"小葛子，你给我坐好了。今天你哪儿都不许去，撒尿就
撒裤子里。"

　　我微笑了一下，坐下，低头看着自己的咖啡杯。

　　"我真的非常对不起你，小虹，"老雷慢慢说，"那件
事儿，全是我的错，我当时想岔了。这是我一辈子的
恨事。"

　　"别这么说。"倪虹的反应出乎我意料，她似乎挺不耐
烦听老雷说这个。

　　"也许同你没啥关系。"她又吐一句。

　　"你一撒手就跑远了，一句话也没留。"老雷伤心地
说，"我真的以为这辈子再也见不着你了，小虹。我想对
你说什么全没机会了。"

　　倪虹抬头看看他，我瞥了双方一眼。老雷沉浸在自己
的哀情里，没留意倪虹。倪虹打量了他一下，低头，抬头
飞快又打量他一下。

　　我喝了口咖啡，不言语。老雷又叹气："谢谢，谢谢
你今天答应见我。我想告诉你，其实我那时曾经把包裹行
李都打好了，要回老家。那不是，你有了那个大家羡慕的
工作，我哪里还有什么机会？只是赵总他找我谈了一次，
他说了我比你更适合那个位置。我想，也许这是我的机

会，天予不取，反害我自己。我得了那工作，就能留下来。你是本地人，不怕找不到机会。那样我们才可能有个未来，有个结果。但是，当然，我不敢事先给你说。我想……"

倪虹伸手对着老雷摆了摆："绿川，不要讲了。这些早过去了。我还要谢谢你呢，要不是这样，我现在怎么能好好地在巴黎？"

老雷被她的话噎住，点点头，脸上又去了一股精气神，仿佛什么充气的形体再漏泄了一些气出去。

"当然，知道你在巴黎过得好，我非常非常欣慰。"老雷点点头，"儿子和女儿多大了？"

"都上大学。"倪虹喝口咖啡，"好了，好了。老雷你说完了？咱们三个老同学见面，老聊那些陈年旧事做啥？我们高高兴兴的，今天真是缘分！裘小雯简直就是个间谍，能把我这样沉没的泰坦尼克从海底捞出来。我怕了她了！"

我笑笑，插一句嘴："是啊，说点让人高兴的事。谁像咱们这般有福，在莎士比亚书店喝咖啡怀旧？谁的人生都是一场梦，我们要认真，也别太认真。"

"小葛子你最想得通，老夫少妻潇洒过日子。"老雷顶了我一句。我打个哈哈，装傻。

其实从一进门我已经嗅到事情快要偏离轨道的气息。这气息从老雷的病体传出，带着那种疾病特有的不容你商量和喘息的压迫感。

倪虹朝女招待招招手，问洗手间在哪里，原来在书店背后。她站起来抱歉说要去一下，飘然走出咖啡厅去了。

我抓住这机会对老雷建言："老雷，你不要弄得太压抑。你要明白，二十多年横在你们中间呐。看上去你俩之间好像只不过一个长夜，事实上你俩差不多都各自过了一世了，这里头有很多很多事情发生，是个时间陷阱。你说话要谨慎。"

老雷点点头："是啊。我不说了。我还同她办一件事。办完咱就散，我身体有点不舒服。"

我点点头，心里担忧，但是怎么讲？

"你告诉不告诉她你的情况？要不要讲明？不好意思，我从小雯那儿知道了你的病情。"我问他。

老雷显出严重的为难，他欲言又止，欲言又止，最后说："我不能要女人来同情我，是不？我这会儿告诉她这个，好像事情都变得怪了。对，我不告诉她。我请你帮帮我，请小虹接受我的一些馈赠。那样，我就心安了。"

我想了想，老雷这是好意。我点点头，答应他。

现在回想起来，我俩那时浪费了彼此间这唯一的交流机会。我们不机灵，没看出事情自然的纹理。人生就是如此，即便白头，很多时候仍像缺少经验的莽少年。

倪虹在洗手间补了妆，涂了口红，很叫人惊艳地回进来坐下："再来一杯咖啡？"

我们都谢绝了。老雷从桌边拉过他的牛皮大钱包，拉开拉链，掏出两份白色文件。

他把文件放在莫名其妙的倪虹面前："小虹，见一次不容易。我别的也不说了，我这张嘴也说不好。我在上海有一套公寓房和几百万存款，我现在是单身……"

我看了一眼倪虹，她瞪大了眼睛，的确，老雷不会讲话，这弄得跟求婚口吻一般，难保不惊吓到倪虹。

"我要离开上海了，回老家，你懂？"老雷尴尬地解释自己，"我想把房子和存款都给你。就是这样。今后我就不来看你了，你一切保重。"

一滴浑浊的泪水弄浑了老雷的眼神。

倪虹拼命摆手："你好好的，好好的，别这样！不要吓我。我又不回上海，我也不缺钱。况且老雷你根本不欠我。过去有些事，那都是上帝的安排，别往自己身上乱揽。别说了，好不好？见了你，我一惊一乍没消停过，你何苦这样折磨我？"

她拉拉我的衣袖，求我说话。

　　我笑了笑，真是左右为难。是不是该我把老雷的病说破，那样倪虹可能好理解些？可是，这样会不会对倪虹不公平，她早已和老雷没有瓜葛，看上去她也不爱财，不像小雯竟然收老雷的钱，还接受他款待。我相信倪虹和小雯有云壤之别。

　　我叹口气："你俩啊，彼此从来都互有好感，这个不用我说。恐怕就是不晓得如何互相表达好吧？我看，大家本着平常心，别弄得紧张兮兮。如何？"

　　老雷把我的话听成我在帮他，他执拗地接着我的口往下讲："小虹，文件我都准备好带来了，小葛子做个见证。你看一看签个字就好，我办好这件事，也就轻轻松松回家啦！"

　　我眼里热泪一涌，老雷真是一片赤诚啊。扶桑说他像了不起的盖茨比，真的也实至名归。我很想压住自己的呜咽，我被老雷人之将死的善言打动了，心里翻翻滚滚。

　　倪虹左右为难地皱着眉，看看我，又看看老雷。

　　她说："老雷啊，你真是一点没有变！你怎么老是只想让你自己舒坦呢？"

　　她站起来说："等一等，我再去一下洗手间。"

　　等她走出去，我拍拍老雷手背："兄弟，你把事情弄得太沉重啦！你从来就太严肃了嘛，读大学那时也是。你那时要是先和她讲明白你心里的利害，你就不会输掉这长长二十九年！"

雷绿川的泪水忍不住汩汩流下，我觉得法国女侍都紧张起来，远远望着咱们。老雷抖着声音说："老弟，我就是一个农村出来的乡巴佬嘛！我哪里懂女人？我要是像你们这般会谈情说爱，我还能抢了自己女朋友的分配名额？"

老雷真是个不可救药的乡巴佬，说到这里，他竟然哭着抽了自己一个耳刮子，发出响亮的一声"啪"。

我被他惊得无地自容，向四周一看，生怕有人叫警察。还好，屋子里头除了我俩，只有那位女侍，她担惊受怕地看着我们。我赶紧走近她，对她说法语："不好意思，我朋友生了癌症，心里难受，请一定原谅。"

"啊！"女侍惊呼了一声，"我真遗憾。"

她笨手笨脚在柜台里倒了两杯茶水，端上来送给我们。我道了谢。

老雷倒是慢慢管住了情绪，安定下来。他对我很真心地道歉："老弟，我是走到尽头了。你怎样也只好原谅我了。抱歉耽误了你的旅行，把你扯到我的一团糟里。"

我拍拍："没事，哥们。咱们可是上下铺的老弟兄。换了我是你，我也一团糟。"

我歇了口气，趁着倪虹还没回来，又说："不瞒你讲，除了还没生病。我的人生也是一团乱麻啊,你以为呢?你没看见扶桑对我的腔调?我,我失败得都学会和失败长相厮守了。"

老雷嗯了一声,问:"倪虹怎么还不来?要不要去洗手间门外喊她一声?"

我们耐心等着倪虹,等了又等。老雷恍然大悟:"哦!这小虹!她是不是又跑了?"

跑过一回的女人,她会再跑。她只要觉得局面失控,凭着惯性也会拔腿就跑。这是她的人生观,是她的生活方式,是她刺向不如意生活嗖的一剑。

我和老雷,在倪虹第二次跑掉的那天,才真正认识到"煮熟的鸭子会飞"是个大概率事件。对于没煮熟的鸭子,那你简直不应该有一丝一毫的拥有感。

回到旅馆门口,我和老雷拥抱道别。他比我高大,我庆幸他刮掉了刺人的胡髭。第二天一早我和扶桑就离开巴黎去尼斯,老雷和小雯则打道回上海。

老雷把伤感当成了喜剧因子,一路都在出租车上笑自己是个傻逼。他还打开他的钱袋子,试图塞给我一大沓欧元。我把这些都当成他受了刺激的表征,诚心诚意祝福他时来运转,病情也许会缓和也未可知。我对他说:"留着钱别乱花。你要创造奇迹,小虹已经见了你一次,就一定还会见你第二次。"

"是啊,"老雷仰天大笑,"就像她跑掉了第一次,就一定会跑掉第二次。"

我把这天的一切,除倪虹身上香味的故事,一五一十都告诉给扶桑听。扶桑听得津津有味,几次不由自主捏住我的手,还在我手上用力。

"你晓得我和小雯在凡尔赛谈起你们时,她说了什么吗?"扶桑递给我泡开的酸菜方便面,这是行李中很宝贵的最后一包中国面了。

"小雯说啥不重要。"我沉浸在倪虹给我留下的惊诧里。

"可小雯这人不像你以为的那样蠢哦!"扶桑笑得眼睛亮晶晶的,"小雯告诉我她拼命帮老雷找到倪虹,就是想这辈子能有机会美美地当面看老雷再让倪虹甩掉一次。小雯说……哎呀,没咖啡助兴!来来来,让我学给你看小雯说话那样子!"

我那好模仿人的八卦婆娘拖我到房间里灯光亮的地方,她兴致勃勃。

于是,我看见已是中国大妈的小雯激烈地喘着气,对不属于她生活圈子因此完全无须提防的陌生人扶桑说:

"我要让老雷证明给我看，他就是一个有眼无珠的笨蛋。他这一辈子，女人换来换去，到头来，还是看不懂女人！"

我吃惊得直接恶心起来，只听见扶桑言犹未尽："小葛子呀你给我听好了，你的屁股也不会比老雷干净到哪里去！顺着老娘我的心也就罢了，否则，哼！"

创作谈：
漫游者的特权

一

明明拥有着青春，我们总是怎么做都做不好。

我们越在乎，便越失败；我们有些事想不通，心里那么明白地生疑，无论如何却得不到答案；我们爱过，并不舒畅；我们痛彻心肺，感觉失去了人生的珍宝，但不理解为什么……

无须自责，早晚间，每个人差不多都这样。

人生是客旅，所有到达人间者必经历练。想要闹个明白，从所谓"魔咒"里脱身，人们得求诸于时间，以及空间。人是时空动物。

《漫游者》《九号线》和《七杯咖啡》可算是我近几年试写的"时空小说"。

写作者有一种旅行方面的特权，这特权无须签证，被允许随意进入时空隧道，但必须有方法找到出入口。

"出入口"一说是为区别于所谓的"穿越"：任何人都可"穿越"，十三四岁的少年也可以拿起笔穿越唐宋，而时空的旅行不是那样子。

"那年代的午后蛮长的，那时候的黄昏宁静。"（《九号线》）

活过某个历史时间后又生存了三四十年，写作者才被赋予特权，明了时空隧道的出入口在哪里，其原理接近于"姜是老的辣"。

然而为何说我孤孤单单隐身书房写的小说可供年轻人一读？

怕也是因为年龄和阅历吧：别不信，一切是时间的游戏及空间的幻境。

"人世间最大的乐趣，大概就是'活久见'。"（《漫游者》）

空间与空间可对答，可相较，可互仿，可启发……

《七杯咖啡》置换了空间，三四个上海人出现在巴黎城中心，寻求解脱多年前"青春期的上海版失误"。

出于对读者所负的责任，我始终认定：作者须于笔涉的全部空间里存在过乃至生活过。

没访问过罗马，人云亦云地说什么"条条大路通罗马"，如此为文，是浪费读者时间，甚至可能误导读者。

我认为空间上的旅程是写作者理应储备的职业积分。过去三十年间，我努力研习英法双语，通过留学、访友暂居及旅行考察等方式，去到五十个国家的数百个著名城市游历，尽可能与当地人接触交往，增广阅历。

任何人身临其境到巴黎、伦敦、纽约、柏林、巴塞罗那、莫斯科、斯德哥尔摩、华沙、里约热内卢、东京、香港、北京、上海或马尼拉等迥异城市挨个居留或访察之后，对同一件事的看法自然就有了众多的视角。

二

"……一个我们可单独谈谈的真理：人的退化过程就是人变得越来越得体的过程。"（《七杯咖啡》）

无论城乡都有一个"体面人"的执念，仿佛很多人，不管口头承认与否，相信人生的高光时刻正是被其生活圈子视为体面人的瞬间，这是国人骨子里的"衣锦还乡"。国人常有一些集体心理暗示，"不断修正以往生活的失误，挽回耻辱，成就终极的体面"大概是其中典型的一种，以至于各类"成功"人士"修改"个人历史的行为比比皆是。

以往的失误未必就是失误，即便是，它能被修正吗？被修正就达致体面？耻辱又焉能抹去？

我曾接受《花城》杂志2015年第五期专访，谈到想通过写作阐释三个汉语形容词：尴尬、暧昧和得体。其中较大的奢望是以小说阐释多样性的"得体"。如此，很庆幸能以文本揣摩一种"乡土"的集体潜意识。

三

不过，被我的文字冒犯到的读者会及时且警醒地质问：你是谁？

好问题！

"所谓漫游者，就是我无法停留，没谁邀请我加入，我从一个个群体里穿行，也许有所感动，却没有留恋，也许曾经留恋，这留恋找不到回响。我从这里到那里，从黎明到夜晚，跟美梦不相逢。不过，我还能漫游，这是我残留的能力，我对远方依然存有猛烈的希望，希望明天不一样。"（《漫游者》）

我既是参与者又是旁观者。

我或许就是你们中的一位。

2022 年 9 月 16 日